大卫·阿尔蒙德作品集

# THE
# TRUE TALE
# OF THE
# MONSTER
# BILLY DEAN

# 怪物比利·迪恩的
# 真实故事

〔英〕大卫·阿尔蒙德 著　周颖琪 译

人民文学出版社

著作权合同登记号　图字 01-2016-6578

The True Tale Of The Monster Billy Dean
Copyright © David Almond, 2011
This edition arranged with Felicity Bryan Associates Ltd.
through Andrew Nurnberg Associates International Limited
This translation of The True Tale Of The Monster Billy Dean is published by Shanghai 99 Readers' Culture Co., Ltd.

图书在版编目(CIP)数据

怪物比利·迪恩的真实故事／(英)大卫·阿尔蒙德著；周颖琪译. —北京：人民文学出版社，2017(2020.5 重印)
(大卫·阿尔蒙德作品集)
ISBN 978-7-02-012294-3

Ⅰ. ①怪… Ⅱ. ①大… ②周… Ⅲ. ①儿童小说-长篇小说-英国-现代 Ⅳ. ①I561.84

中国版本图书馆 CIP 数据核字(2017)第 046436 号

责任编辑　卜艳冰　尚　飞　汤　淼
装帧设计　汪佳诗

出版发行　人民文学出版社
社　　址　北京市朝内大街 166 号
邮政编码　100705
网　　址　http://www.rw-cn.com

印　　刷　山东德州新华印务有限责任公司
经　　销　全国新华书店等

字　　数　205 千字
开　　本　890 毫米×1240 毫米　1/32
印　　张　9.875
版　　次　2017 年 5 月北京第 1 版
印　　次　2020 年 5 月第 2 次印刷

书　　号　978-7-02-012294-3
定　　价　38.00 元

如有印装质量问题，请与本社图书销售中心调换。电话：010-65233595

# 目　录

| | |
|---|---:|
| 第一部　所有事物的中心 | 1 |
| 第二部　布灵克波尼 | 89 |
| 第三部　岛 | 301 |

讲这个故事的人,一出生就已经死了。他在无尽的战争笼罩着大地的时代、在一个灾难的时代来到了这个世界。

他在孤独中出生。天上盘旋的,是带来破坏的机器;城市中升起的,是滚滚的硝烟;蔓延全世界的,是一片片废墟和荒芜。

他成长的伙伴,是鸟儿和老鼠。

他很害羞,脑袋也不灵光,不仅嘴笨,还傻头傻脑。

他识字,也会写字。他的老师是他年轻温柔的母亲、屠夫麦考弗雷、马隆太太和她的幽灵们。

所以,他不怎么聪明。请你原谅他会犯错。

也许你认识他。也许你来过布灵克波尼,到过马隆太太家门前,进过她家的客厅,听他告诉你关于灵的一切。那些灵依然在你身边,依然爱着你,哪怕你以为它们已经不在。

也许他为了你,曾游荡在死者的世界里,为你歌唱,为你起舞。为了你以为你失去了的、你深爱着的人。

也许你曾向他寻求治疗。他轻轻地轻轻地触碰了你,他问你哪里疼,然后从你的身体中抽走了疼痛。他治愈了你。

他试图治愈死者的时候,也许你也在旁边站着,看着。

那时候,他是天使之子。

那时他施展魔法,唤起奇迹。他念念叨叨,满嘴傻话、废话和胡话。

那些日子已经一去不复返。死者已经不在，上帝和他的天使、他的圣人们也不在了。

天使之子还知道更多。

天使之子还干过怪物的行径。

你听说过或者没听说过他，他就在这里。

他可以是一个梦境，一场梦魇。他乘着黑暗的死寂接近你，望向你的灵魂深处，潜伏在你最深最深的梦境里。

不管他是什么，都是时候讲讲他的故事了。

也许这个故事不适合你。你不希望被这些文字留下刻印，你不想让它们进入你的血液、骨髓，不想让它们沾染你的梦境。

如果实在不情愿，就请你转过头去吧。

如果你想，那就读下去。破解这些文字，倾听其中的声音。随便怎么做，只要你能让这些文字进入你的内心。

我叫比利·迪恩。这是一个真实的故事。这是我的故事。

# 第一部　所有事物的中心

# 故事的开头

有人告诉我,要想学着写故事,就得动笔写。一个字,又一个字,再一个字。让铅笔在纸上奔走。让铅笔留下痕迹,像尘土里的脚印一样。让铅笔留下它的痕迹,像鸟兽在泥泞的地上留下的神秘脚印一样。

把纸页写满就好。

一个字一个痕迹一个字一个痕迹。

我该从哪儿写起?

一些物体。

像是这只耶稣的手。

这些天使翅膀上的羽毛。

这块死去很久的老鼠身上干巴巴的皮。

这块有着黑色穗边的紫色围巾。

我触摸它们,嗅着它们的气味,凝视着它们的深处。啊,有多少故事涌了出来?多少记忆、感觉、思想、恐惧、爱与梦境,像被搅乱的水面一样翻涌起来。我要怎样理顺它们,把它们整理成一个说得通的故事?

我有这些纸。我有这支笔。

我还有这把刀。我可以削尖铅笔,写我的故事。故事将会说到这把刀,说到一次也许是蓄谋已久的行动。

不。先别想这个。

先削尖铅笔,然后动笔等待文字的出现。

第一个词是什么?

别犹豫。写出来。

黑暗。

在一片黑暗之中,有一个男孩。

# 一点记忆

我还很年幼。我很清醒,正抬头凝视窗外的一小片夜空。这么小的空间里,也能看到几十颗星星。它们一闪一闪,好像在跳舞。

只听咔哒一声,一束光落在了我身上。脚步声传来,一个黑影走到了我面前。

一双手托住我,一下子把我举了起来。

我看到他的眼睛,一闪一闪,像两颗巨大的星星,离我很近。

他一只手托着我的屁股,另一只手环住我的后背,把我搂进怀里。我碰到了他的黑夹克、他的黑胡茬,还有他脖子上光滑的皮肤。我被紧紧地抱在他怀里。哦,他的气味!哦,他那一起一伏的呼吸!那拂过我皮肤的气息!

"儿子,"他说,"我的好儿子。"

他的身体颤抖着。他的话语回荡着,在他的身体里,也在我的身体里。

儿子。我的好儿子。

他抱着我左右摇摆,就像是在和星星跳舞。

# 一个小男孩

我又想起了她碰我的时候。我能感觉到她的手指。这些手指扶住我的头,轻轻抬起。她的手指轻抚着我的头发,翻起来,估摸着头发的长度。然后一把梳子从我的头发之间穿过,梳齿划过我的头皮。我听到剪刀的咔嚓声。她的声音在我的耳中歌唱,她的呼吸在我的脸上起舞。理发推子从我脖子后面开始往上,扫过我的鬓角。然后,她的手指把布莱克里姆发蜡揉进我的头发,发蜡的味道飘进了我的鼻子。她梳理完毕,笑着摸摸我的脸,说她运气真好,有了我这么个儿子。

我的眼前出现了当时的画面。那个女人和小男孩就在我眼前,在一间小房间里。他早已不再是躺在床上的小婴儿,他已经是个小男孩了。他坐在桌边的一把椅子上,女人在他身后。阳光透过头顶的小方窗洒在他们两人身上。她把毛巾从他肩膀上取下来,把剪下来的头发茬抖进厕所,冲掉。

他笑了,摸了摸鬓角和脖后那些新剪出来的可爱头发茬。

"好了,"她说,"比利又变漂亮了。"

她亲了亲他的脸,笑了笑。但请你看仔细点,她的眼角露出了疲惫的神色。她的皮肤已经有点松弛了,岁月的痕迹已经开始入侵。

他看到一只老鼠沿着墙边跑过去。又一只。他指着老鼠,挥着手,又是叫,又是笑。

老鼠!他叫。老鼠!咿咿!咿咿!

她也笑了。她说她要是能想点儿办法对付它们就好了。但她能怎么办呢?布灵克波尼满地都是老鼠洞。还有更糟的呢,还有大耗子。比利,别刺激它们。

咿咿!他说。咿咿!

她叹了口气,说别这样。她给了他一杯饮料和一块饼干。她说她得走了,她要去给人修剪头发。她亲了亲他,离开了,锁上了身后的门。

再见,他悄声说。再见。

我一边写,一边走近那时候的画面。画面里的他就像是我的幽灵。就像我来到了死后的世界,试图和幽灵说话,并把它带回人世一样。我几乎可以碰到我自己。

比利,我轻声喊道,比利。

当然,他一动不动,也没有畏缩。他学着老鼠叫,蹲到墙边,把饼干弄碎,然后退到一旁,看着老鼠紧张兮兮地凑近饼干,啃咬起来。

比利,我轻声呼唤,比利。

他能听见吗?他突然一动不动,看了看四周。

我说别害怕。

是我,我说,是你自己。

他眨眨眼,摇摇头。

咿咿!他把饼干弄碎了。咿咿!

我不想吓着他，于是我不再说话，但是我不能离开。

铅笔还在动，我还在写。

我写下这些回忆，这份爱。那带红黄花图案的绿色地毯，布满裂痕和沟壑的墙壁，剥落的天花板和向下冒出来的细小的根须。小小的天窗。锁着的门，禁止我出入的门，甚至这也是对我的爱。我盯着门上的纹路，木框上的裂缝。我看得到住在里面的小蠕虫、小甲虫。

我写下那张红罩子的床。

那只蓝色的小沙发。

还有墙上的画。我注视着那些画，上面画着圣岛。我还记得妈妈告诉我，圣岛是一小块天堂，那里是圣人们行走过的地方。这个岛有时漂浮在海面上，有时停靠在陆地边上。她总是说，我们要找个好日子，一起上岛去。

我盯着画里的海面、沙滩和岩石上的城堡。我看到美丽的海鸥，一小群一小群地在天上飞翔。我寻找那种叫海豹的野兽，寻找它们突然冒出水面的脑袋。我看着那些上下颠倒的船。船身被漆成黑色，上面有门。妈妈说，那些船上住着人，到了晚上，船儿们就倒过来，穿行在星星的海洋里。我总是笑话她，心想她到底在说些什么话。我不可能明白那些话。那些画也好，关于画的那些话也好，对我来说都毫无意义。

我转过头又看着他。他眼里一片空洞，空得像一张白纸。

她说得没错，我轻语。岛上很美，美得就像一小块天堂。那些船里也住着人，他们在晚上也确实会翱翔星空。

他盯着一块空荡荡的地方，就像在寻找声音是从哪儿来的。

相信她吧，比利，我轻声说，她的话是真的。

老鼠爬来爬去，昼夜交替，一天又过去了。

我没法离开。

我知道她很快就会回来。她离开的时间从不会超过一两个小时。她会做好吃的给我，有时会是几根麦考弗雷先生那儿最上好的香肠，有时会是一块麦考弗雷馅饼。

甜美的歌声传来，我抬头看窗外，是麻雀。比利也在抬头看。他笑了，朝鸟儿们伸出手臂。对比利来说，鸟儿们是多么神奇，他多么需要这些鸟儿啊！它们来到床边。它们从天空落下。它们拍打翅膀，啾啾叫着、唱着歌儿。它们用嘴啄玻璃，像是在呼唤我。我和此刻的比利一样，吹口哨回应着鸟儿，向它们伸出手。

有时候妈妈会把我举高，这样我可以离鸟儿更近。她会笑起来说，加把劲儿，儿子，跟它们打个招呼，给它们唱首歌。

有时候天暖和、阳光也好，她会拿根棍子打开窗户。玻璃垂了下来，阳光和空气就倾泻在我身上。鸟儿的歌声也是，那歌声很美。有些鸟来了一次又一次。有只乌黑乌黑的、呱呱叫的乌鸦，有群叽叽喳喳的家雀，还有一对歪着脑袋、斜眼看我的鸽子。妈妈说，我是个好孩子，所以鸟儿们来看望我。她说鸟儿们是我的朋友，它们给我送来了问候和讯息。

"什么讯息？"我问。

"希望和爱。"她回答。

他仰望着屋顶，我也仰望着屋顶。他站起来伸出手，看得出了神。我还记得那种恍惚的感觉。

我知道他晚上做梦，梦见他来到小小的方形天窗旁，爬了出去，和鸟儿们一起飞上了天空。我现在还会做这个梦，我还会想象自己飞上天。说不定每个人都有一个飞天梦，说不定没有人满足于大地上的站立和行走，我们每个人都想要飞升。一个小男孩，尽管他被关在一个上锁的小房间里，尽管他身边尽是废墟和荒芜，他也想要飞升。

门锁里响起了钥匙转动的声音。他的扭过头来，目光离开了鸟儿和天空。

她回来了。她又坐在他身旁，他们一起吃香肠。黑暗开始降临，很快到了晚上。

他竖起耳朵。他听到嘎吱嘎吱的声音、猫头鹰的咕咕叫、一声遥远的叹息和轻轻的敲击声。忽然咔哒一声响，声音小，但很近。他屏住呼吸，身体僵住了，有点发抖。他睁大眼看着上锁的门。

她的眼睛一瞬间也望向了门。

不是他爸爸，爸爸今晚不来。

爸爸到来的夜晚越来越少，间隔的时间也越来越长。妈妈有时候会小声咒骂起来，说爸爸是个愚蠢的该死的混蛋。她甚至说，总有一天她要和比利在一起，就他们母子俩，没有别人。

比利不想听，不想知道，也不想相信。

# 最美好的时光

最美好的时光就像这样。

妈妈知道爸爸要来。

她对儿子说,爸爸在路上了,爸爸今晚会陪我们。

他咧嘴笑了,兴奋得发抖。他重复着妈妈的话,抬头看着天,希望天赶紧赶紧黑下来。

妈妈卷起袖子刷洗比利的房间。她擦干净画,擦干净门,刷干净厕所和浴室。她清扫好床和沙发。她用卷起来的纸堵上那些老鼠洞。她一边干活,一边唱歌。

这个夜晚将不会迎来晨星。

世间万物明亮又美好。无数生灵有大也有小。

妈妈笑容满面,对他又是亲又是抱。她不断地说着她的好儿子多么漂亮、多么坚强,说着自己又是多么幸运,才有这么个好儿子、这么个健康强壮的男人。她说着自己的儿子长大以后,也会像那个男人一样健康、强壮和美好。

"那样多好,"她说,"长大成人,变得像你爸爸一样,比利·迪恩。"

太阳经过了头顶的天空,到了午后。

她在浴室帮儿子洗了澡,洗了头,修修剪剪,梳理整齐,抹上布莱克里姆发蜡。她给儿子穿上干净整洁的衣服,让他在沙发上乖乖坐好。

"保持干净整洁,"她说,"听话。"

说完她就离开了。现在她的歌声隔着一道上了锁的门,她的歌声飘离了那些圣岛的画儿。

他抬头看天。

天快黑吧,他许愿。快黑吧黑吧。让麻雀离开,猫头鹰出现。让星星接替太阳。

妈妈又回来了,她看起来又年轻又漂亮。她穿着一件蓝白色的连衣裙,上面有花。她的头发梳洗得发亮,她的眼睛光彩熠熠,她喷了香水,涂了红指甲油,上了腮红,画了眉毛。她还戴了条红颈链。她把两个玻璃杯、一个茶杯和一个烟灰缸摆上桌子。她坐到儿子身边,却怎么也坐不住。她用脚敲着地,又是摸摸头发,又是看看指甲。

两人都怔怔地望着天空,心里都想着天快黑吧快黑吧。

于是天黑了。

妈妈打开了一盏小灯。

她亲亲比利,然后放开他。

"马上就来了。"她说。

比利在等。

一个好男孩,坐在沙发上,等着他的爸爸。

时间过得很慢很慢。他不住地仰望,希望夜晚可以留下来。

终于,咔哒声响起,锁一转,门开了。

爸爸进门的那一瞬间,我仿佛回到了当时的场景。哦,他来了。他很高,几乎和门一样高。他穿着一身黑,头发也是黑色,黑得像最深邃最深邃的夜晚。他的眼睛则像夏日的晴空般湛蓝。他径直走到我面前,一把拉起我,把我搂进怀里,问我:

"你还好吗,儿子?比利·迪恩?"

我结结巴巴,说不出一个字来。

"他很好,威弗雷。"妈妈说。

啊,他嘟囔:"我看出来了,你看他长得多高多健康。你看看这肌肉,你怎么就长这么健壮了呢?"

"你爸爸问你呢。"妈妈说。

可我还是呼哧呼哧地喘着气,结结巴巴地张口,却没能吐出一句话。

爸爸大笑起来,他亲了我。他身上有烟味儿,还有蜡烛、香水和刮胡水的气味。他的手干净又有力,他的臂膀宽大又结实,他一次又一次地把我搂进怀里。

"跟你爸爸害羞什么呀,小伙子!"他说。

他带了瓶酒,可能是红酒,要不就是威士忌或者杜松子酒,还给我带了柠檬水。

我们坐在沙发上一起喝。

爸爸拿出一包黑色的香烟,上面有亮闪闪的金色过滤嘴。他告诉我,这些香烟来自俄罗斯,一个很远很远的地方。他和妈妈抽起了烟,房间里烟雾缭绕,到处是一股怪味儿。爸爸搂住妈妈,说起了悄悄话,咯咯直笑。他们一起抽烟喝酒,看起来是那么的幸福。

有时候爸爸会给我讲故事,讲摩西被装在竹篮子里顺流而下,讲诺亚和他的方舟，讲约翰被吞进了鲸鱼的肚子，讲行走荒野的耶稣被撒旦诱惑。啊，我写下这些的时候，仿佛又回到了那个时候。我坐在沙发上，他们在我身边，他们的气味、耳语和笑声也在我身边。那些故事对我来说是那么的神奇。河流是什么？竹篮是什么？荒野是什么？撒旦又是谁？还有他说到的其他所有东西、所有地方和所有人。天堂和地狱，炼狱和地狱的边境，我怎么会知道这些地方，又该怎么理解？我怎么明白天使和圣人是指什么？不过不懂也没关系。我爱爸爸的声音，我爱他在我身边的时刻，我爱那些故事，从他嘴里娓娓道出，沿着空气飘进我的耳朵，钻进我的大脑。哪怕是到了现在，不管发生过了什么，我还是爱着他，爱着他，爱着他。对他的思念让那些回忆重新涌现了出来。

# 触碰他的伤疤

这是我第一次碰他的伤。他把左手举到我面前,这只手的食指和中指不见了。他又用大拇指指了指右眼上面的弧形伤疤。他把我拉近,抓起我幼嫩的手指,让我摸了摸他的断指留下的伤疤。我摸了,我记得那伤疤光滑又柔软。

这是新长出来的皮肤,他说。新得和你的一样,比利。这皮肤是从毁灭日那天开始生长的,就是你出生的那天。

他又把我的手指移到他右眼上面,移到那一道突起的皮肤上。他拉着我的手,抚过他的伤疤。

"轻轻地摸,比利,"他说,"你能感觉到吗?"

"能,爸爸。"

"你能想象吗?"

"想象什么,爸爸?"

"想象一下这个疤是怎么来的?"

我看着他的眼睛。他微笑着摇了摇头。

"你肯定想象不到,"他轻轻地说,"这个印记是人类的罪恶。你对罪恶根本一无所知,不是吗?"

"是的。"我回答。

你不知道,这也是理所当然。

突然,我的床似乎扭曲了起来,整个房间似乎也扭曲了起来。

我脚下摇摇晃晃,摔到了地板上。我听到一声吼叫,似乎来自很远很远的地方,又似乎是来自我的内心深处。我感到内心一阵混乱,喘息、小声的尖叫和砰砰声突然传来。这感觉就像一切东西都在坠落,就像我心中的所有东西都分崩离析了。我感到急促的呼吸从喉咙里穿过,我的舌头开始乱动,我的嘴大张着,我叫喊起来,发出了一种一点儿也不像我的声音。啊,救救我,救救我,救救我!

接着,一切都回归了黑暗、沉默、寂静和虚空。

我清醒了过来。

我仰面朝天躺在地板上,爸爸妈妈跪在我身旁。妈妈的眼睛和嗓音里充满了恐惧。她急促地喊着比利!比利!她倾过身子,抱住了我。

爸爸把她拉开。

"别这样,"他说,"是我的错。我不该吓你的,儿子,真不该吓你的。"

他低头冲我咧嘴笑。

"不过好在爸爸活下来了,"他说,"是不是?"

"是。"我轻轻地说。

"还有妈妈和你,也活下来了。这样多好,是不是,比利?"

"是。"我轻轻地说。

"是吧。所以别担心这些小伤口。这只不过是世界末日留下的纪念。它们是伤口没错,但也是祝福,它们帮我们认识了世界的本质,认识了世间的邪恶。"

他把我从地上拉起来,扶我到沙发上,坐在他身边。我记得他当时是怎样向后一仰，抽起了一根烟。他用左手剩下的手指夹烟，夹得烟翘起来，就像他在和烟跳一支小舞，又像他在变一种小戏法。

他把烟在妈妈面前晃来晃去，直到她咯咯笑起来。她咬了咬嘴唇，用胳膊肘戳了戳我，弄得我也咯咯笑了起来。

"你要抵挡得住这世间所有的罪恶，儿子。"爸爸一边说一边吐出一团烟，飘在我俩之间。"我们来到这世间，是为了弥合伤痕，而不是施加伤害。"

他又抓起我的手指，放在他的伤疤上。

"来吧，比利，"他说，"让它们治好我。"

他咧嘴笑，眨了眨眼。他又说了一遍："让它们治好我。"

"你可以做到的。"他说。

我轻轻摸了摸伤疤，深吸了一口气，闭上了眼睛，集中我的精神和灵魂，把它们化成了一句轻声细语。

"治、治，"我说，"请治、治好我爸爸。"

我说了一遍一遍又一遍。最后他抽了一口气。

"你做到了，比利！"他叫道。

我睁开眼睛，当然，我并没有做到。

"你差不多已经做到了。"他说着熄灭了烟头。

这天晚上也像平时那样结束了。他们亲了亲我，一起出门离开了，留下我一个人。

我躺在床上，星光照在我身上。

我听到了喘气声和哭声。我隔着墙听到了他们的笑声和叫声。

我听见妈妈叫着爸爸的名字,爸爸也叫着妈妈的。

"威弗雷!哦,威弗雷。"

"维罗妮卡!维罗妮卡!"

我走下床,把耳朵贴在墙上,想离那些声音更近一些,想弄明白其中的奥妙。我非常用力地贴在墙上,以至于我觉得墙或者我的床要塌了。我整个身体紧紧地贴在墙上,以为这样自己就可以穿墙而过,进到墙后面,他们就在那里,在那些画和裂缝的后面。

我睡着了,在墙边靠着墙板睡着了。伴我入睡的,是他身上的香味,是他强壮的身体靠在我身上的感觉,是我的手指碰到他的伤疤时的触感,还有他低沉的声音,流淌过我身体的每一个角落。

就连现在也是一样。此刻他的声音仍在我的体内流淌,也将会一直一直流淌下去。他的形象、他的声音、他的一切都永远存在于我的内心,存在于我所看到和知道的这个世界。

# 看星星

哦,还有那些星星。那天晚上我们躺在星光之下,一起看着小窗户外面的那一片天空。

我爱那扇小窗户。我从这扇窗里了解到了不同的颜色和外面世界的变化。白天黑夜,黑夜白天,还有黎明和黄昏,那些蓝蓝红红粉粉黑黑。云彩形状的变幻,星星位置的变动,日光和星光,还有月亮的形状,有时候像亮晶晶的脸庞,有时候又像一把弯刀。我爱那些飞落的雨珠和飘落的雪花,有些日子窗户上还会结冰或者结霜,那时候照下来的光是参差不齐的,明亮又耀眼。

那天晚上爸爸一个人来看我。他告诉我,今晚他奔波了好几个小时才来到这儿,他来的路上,布灵克波尼的天空让他大吃一惊。他拉起我的手,让我和他一起躺下,躺在地板上那块有花朵图案的地毯上。

他让我看上面。

他拉住我的手,让我们的手一起指向闪耀的夜空。

"选一颗星星,看着它。"他说。

我照他说的做。但我很难集中精力,因为我离他这么近,我太兴奋了。

"你看见了吗,比利?"

"看见了,爸爸。"

"你看见的星星有多大?"他轻轻地问。

"很小。"爸爸。

"这就对了。用你的手指盖住它,挡住它。你看,在这个小房间里,一个小男孩的一根小手指头就能把星星的光挡住,对不对?"

"对,爸爸。"

"没错。那星星有多小?比一个小男孩的手指头还小吗?"

"还要小。"

爸爸轻轻地笑了,点上了一支黑色的香烟。

"不对,"他说,"那颗星星,还有你看到的所有星星,都比这个房间大,甚至比整个世界都要大。一百万个房间和一万亿个比利加起来,才顶得上一颗星星。"

"这怎么可能呢?"我说。

"因为星星离我们很远,比利。因为宇宙实在太庞大,而我们很渺小。因为这一切是上帝的安排。"

我躺着,看着。如果星星那么大,为什么它们能被装进这么小的窗户?怎么能装进我的眼睛?又怎么能装进我的小脑袋?我越想越多。很远是什么意思?一百万和一万亿又是什么意思?

我感觉得到爸爸身体的温度,听到了他心脏的跳动。我靠近他,想感受他的强壮。我希望他不要离开,和我永远永远待在这片星空下。

他又指了指天上,手指划过一颗一颗的星星。

"有人说,他们在天空中看到了上古神明的形状。"他说。

"是吗?"

"嗯。他们还说他们看到了男人、女人，还有巨蟹、金牛、熊等等动物。"

"是吗？"

"嗯。还有长着翅膀的马。"

然后他沉默了。他一边抽烟一边凝视天空，叹了口气。我又朝他挪近些，直到我们的头靠在了一起。我记得我们的头挨得那么近，我心中对夜空充满了好奇，也对爸爸的脑袋充满了好奇。他的脑袋里面似乎和夜空一样大，一样充满了神秘。我想把我的头紧紧贴在他头上，好进到里面去，或者通过某种方式住进那里面去。

他挪了挪身子，离我远了一点。

他悄声说，他该去找我妈妈了。

"巨蟹、金牛和熊是什么？"我问。

他叹了口气。

"一百万和一万亿是什么？"我问，"很远是什么？"

他又叹了口气。他转过去，准备起身。

"我会解释给你听的，"他说，"我会想办法展示给你看。"

他站了起来。

"啊，比利，我们都对你做了些什么？"他说。

"我不知道，爸爸。什么都没做，爸爸。"

"啊，我们这是犯了什么罪，比利·迪恩！"

"长翅膀的马，"我问，"你是说像鸟儿那样吗？"

"嗯，比利，"他说，"像鸟儿一样。"

我不想让他走。

窗户外面能看到鸟,是不是也能看到长翅膀的马呢?马又是什么呀?你去哪儿啊,爸爸?别离开我,爸爸。

他走到门前,我没法跟过去。他转过身,回头望着我。

"我们都做了些什么?"他又叹了一口气。

门关上了。爸爸去找妈妈了,只留下我和许多谜团:星星的谜团、动物的谜团、大小的谜团,还有他们到底对比利·迪恩做了什么这个谜团。

# 盒子里的动物

大概是在看星星那晚之后不久,爸爸给我带来了一个装着动物的木头盒子。他把盒子放在地上,叫我蹲在他旁边。

"去吧,比利。"妈妈说。

她坐在沙发上看着我们。

我在爸爸身边蹲下。

"看。"他说。

他轻轻打开了盒盖。它们就在那里:塑料猴子、木头马、钢铁大猩猩、木头奶牛,还有猪、羊、塑料鸟、蜘蛛、虫子、蛇、木头象、犀牛、骆驼、鲸鱼和海豚。我们把它们都拿了出来。我记得我颤抖的手指上传来了它们的触感。我把它们放进我的手掌,我捏住它们、紧紧地握住它们。它们的皮肤光滑,鬃毛和尾巴手感粗糙,而牙齿、尖牙和爪子却十分锋利。妈妈拍起手,说它们多漂亮,说我爸爸真好,说我真是个幸运的孩子。

"这些是动物。"爸爸说。

他一个一个告诉我动物们的名字。他把动物拿到我眼前,告诉我这叫什么什么,这又是什么什么,那是另外一种什么什么。他显然希望我能记住,因为他不断地问我,"这是什么,比利?这个又是什么?你记得这个叫什么名字吗?"

我根本记不住。第一天晚上,我想我只说对了三种——猴子、狼和大老鼠,而且我老是分不清大老鼠和小老鼠。

"没关系,"他说,"慢慢来,儿子。你会记住的。"

那天晚上真是充满了欢声笑语。爸爸模仿动物的样子在屋里走来走去,跳啊爬啊跑啊飞啊。他学动物们的叫声给我听。他让我也跟着学、跟着模仿。

"来呀比利,"他说,"跟爸爸一起来。"

一开始我害羞得要命。

"勇敢点,比利,"妈妈说,"你自己就像个小老鼠。去跟你爸爸一块儿,去吧,儿子。"

于是我鼓起勇气,深吸一口气,先是发出了一声咕哝,然后我很快进入了角色。我竖起手指假装是角,拍打胳膊假装是翅膀,又把胳膊垂下来假装是象鼻。这感觉可真好。我这辈子干过的最棒的事里面,这算得上一件。

喵喵!我叫到。汪汪!咕咕!咩咩!哞哞!哼哼!

妈妈咯咯笑起来,说我们真是两个疯子。于是我们更加大声地吵闹起来。

然后,我们把这些动物放在地毯上,放在有红蓝黄色花的位置。我们低头看着它们,我们很高兴。

"这就是世间万物的起点,"爸爸说,"上帝创造了世界,然后他创造了动物。"

我发出一声咕噜,又学了声狗叫。我像一个动物一样跳起来。

"我学动物学得像吗,爸爸?"我问。

"嗯,儿子,"他说,"像得很。"

他突然一声不吭地看着我。

"但是儿子,你要记住,"他说,"你不是动物,你是人,你是一个男孩。"

"好,爸爸。"

"动物和我们很相像,但是不一样。上帝创造动物之后才创造了我们,他给了我们智慧,给了我们灵魂,他让我们变得不一样,让我们不同于其他动物们。你一定要记住这一点,比利。好吗?"

"好的,爸爸。"

"好。忘记了这点,人会变成怪物。你可不想变成怪物吧,比利?"

"我不想,爸爸。"虽然我这么回答他,但我一丁点儿都不明白他想表达什么。

"好孩子,动物和人之间有很大的区别。上帝给了我们灵魂,给了我们选择的自由,让我们可以选择善或者恶。对不对?"

"对,爸爸。"

"对,而且,我们必须选择善。对不对,比利?"

"对,爸爸。"

"对,有时候我们觉得这世界上充满了恶。但是仔细观察,我们会发现,所有事物的心中都有善。"

"所有的?"我问。

"对,比利。所有的。你心里,我心里,妈妈心里,世界的中心,宇宙的中心。上帝就是这样安排的。"

他拿起大老鼠。

"这是什么?"他问。

"小老鼠?"我回答。

他拿起一只狗。

"猫?"我说。

他笑了,但他的笑容里藏着悲伤。

"比利·迪恩。"他叹了口气。

他拿起蛇,朝我脸上戳了过来。

"嘶,"他说,"嘶嘶。嘶嘶。"

他捏了捏蛇的嘴,尖尖的蛇牙冒了出来。他笑着把蛇牙按到了我脸上。

# 动物的游戏

　　我和动物们玩了多少游戏啊！每一天每一夜，我都在那儿爬啊跳啊咕咕叫啊吱吱叫啊。我肯定把动物的叫声和动作都搞错了。我叫不对动物的名字，我分不清地上爬的和天上飞的，分不清会唱歌的和会咆哮的，分不清捕猎者和猎物。不过对于我——一个独自一人被关在小屋里的小男孩来说，怎样都无所谓。要是我忘了动物的名字，我就自己起一个。要是忘了动物怎么叫，就自己想象。所以，猴子、老鼠和猫发出的声音也可以是当当、汪汪和噗啦噗啦。还可以是痛苦尖叫般的声音，咯咯轻笑般的声音。我面向窗户，朝天空喊出这些奇怪的、没有意义的词语。我的动物们会飞会跳，但它们也会颤抖、战栗、摇晃、摔倒和退缩。

　　一天我和动物们一起玩，我假装是它们的一员。我是一种叫比利·迪恩的动物，我身边这个动物叫做猩猩，另一个叫袋鼠。有时候我扮动物扮得太投入，连怎么做人都忘得一干二净了。我的大脑和灵魂好像就这么消失了。我会发现自己躺在地板上，好像刚睡醒一觉，好像我一直以来的生活是一场梦。我想，爸爸说的怪物是不是就像这样，这是不是说明我正在变成一个怪物。我不知道我该不该担心自己，该不该做出改变。可是我改不了，戒不掉，不过这似乎也没什么不好。这让我感到更加接近老鼠和鸟儿，更加接近盒子里的动物。说实话，我喜欢这种迷失自我的感觉，喜欢变成一种别的东西，变得比比利·迪恩更奇怪、更狂野、更强壮和更勇敢。

其他时候我就是正常的比利·迪恩。我是一个男孩，一个人，用两条腿走路，会说话，穿衣服，头发也修剪利索，梳得整整齐齐。

这些时候我就把动物们在地毯上排列整齐，让它们坐好听我说。我跟它们讲我的故事，我的生活，我的爸爸和妈妈。我还讲上帝的故事，糖果屋的故事，讲丛林和荒野中的旅程。我指给它们看窗外的鸟，还有墙角下爬出来的老鼠。我告诉它们，这就是世界。我告诉它们，墙外面有一个叫布灵克波尼的地方。外面有像它们一样的动物，有血有肉，在天上飞，在地上跑。我给它们看星星，告诉它们星光是永恒的。我告诉它们星星有整个世界这么大，却能装进人的脑袋里。我告诉它们，世间万物的心中都有善。

有时候我会站在很高的地方，俯视动物们，告诉它们，我就是上帝。

有时候我是一个笑得很甜的上帝。

你们都是好动物，我会说。我对你们很满意。很好。

但是有时候我会发脾气。

你们让我很生气，我会说。你们太坏太坏了，你们必须改。

有时候我真的很生气。

够了！如果你们不改，我就要报复你们了！

有时候比这更严重。

好！我会说，我这回要把你们全毁掉！

然后我就开始打它们踢它们，把它们扔得满屋子都是，动物们弹到墙上，滚到地毯上。

看吧！我会说。这都是你们自找的。

错的是你们自己！我大喊。

我总会留下一只动物，不踢不打也不扔。有时候是猩猩，有时候是马，哪只都无所谓。等我解决了这只动物的朋友们，我就会轻轻把它拿起来。

我救了你，我说，因为你是所有动物里面最好的。

然后，我会把动物们捡回来，告诉它们，我的怒火已经平息，我决定让一切从头开始。

有一次我制造了一场洪水。我把所有的动物都放进了浴缸，然后把排水口的塞子塞上。我说，你们要是不改，我就打开水龙头，洪水就来了，你们都会淹死。

你们还有什么话要说吗？我问。

我等着，但是它们什么也不说。

你们改不改？我问。

一个回答我的也没有。

你们知道错了吗？

没有一个动物开口，没有一句回答。

我对一只长颈鹿——也可能是大象说，你是整个世界里唯一一个好动物。我会救你，你要造一个方舟，漂在水面上，直到洪水过去。

然后我就把这只长颈鹿或者大象放进妈妈给我冲头发用的塑料杯里。我把手放在水龙头上。

你们这是自作自受！我说。

然后我打开水龙头，给浴缸放满水，所有动物都淹死了，除了长颈鹿。

后来，我用毛巾把所有动物擦干。一只家麻雀在窗户旁低头看着我。我哭了起来，哭得非常厉害。

对不起，我说。我再也不这么干了，再也不，我保证。

那天晚上我睡觉的时候把动物们都带上了床。我给它们讲故事，讲关在塔里的长发公主，讲她那长长的头发。

# 创造生命的游戏

我还会玩创造生命的游戏。在这个游戏里,我扮演的角色更接近上帝了。这个游戏在夜里玩效果更好,尤其是当天上月光闪耀的时候。

开始这么玩的时候,我大概已经八九岁了。

我会把一只动物拿到嘴边,对它轻语,说它该苏醒了。我会轻声说,我要赋予它灵魂与智慧。

我会轻声说着各种各样的话,比如动起来吧,小东西!呼吸吧,小东西!你不再是石头、塑料或者木头。你要变活了。听比利·迪恩的话,接受这份生命的礼物吧。

我会边说边抚摸动物们,一直一直持续很长时间。

我会把动物放在地板上。

我希望它能动起来,继续抚摸它。

求你动起来吧。求你喘口气吧。求你活过来吧。

有反应吗?

有一次,一只猴子摆了摆胳膊,然后又不动了;有一次,一匹马迈了一步又一步,跨过了地毯,然后倒在地上不动了。还有一次,我夜里醒来,看见好多动物在地板上慢慢移动,朝着那扇我不可以出去的门。可是当我坐起来仔细看,它们却又是一动不动了。

我试了试其他创造生命的方法。我会找只死苍蝇,或者甲虫、蜘蛛，我试着让它们复活。就像爸爸给我讲的故事里，耶稣对拉撒烈所做的那样。我对它吹气，对它轻语，告诉它它会复活的。有一次我成功了。一只死掉的小苍蝇又嗡嗡叫了起来，它跳起来，又能飞了。

不过这也许是幻觉。

也许它还没死。

动起来的猴子和马也许只是一场梦。

也许所有的一切都是一场梦。

谁知道呢？又有谁知道什么呢？

现在我知道历史上有过很多聪明人物。面对世界之谜、生死之谜、身体与灵魂之谜，那些最最聪明的人都得承认他们几乎一无所知。有些人认为，所有的事物、所有的生生死死，甚至整个宇宙都是幻觉。还有人认为，我们所有人都活在一种奇怪的白日梦里。他们说，这世上没有真相，没有真理。

我怎么知道有没有呢？

我怎么知道有没有人把手放在我头上，叫我活过来？

有时候，我感觉世间的一切都没有答案。

这个时期我大概八九或者十岁，我开始玩制造生命的游戏，开始看到一些东西，一些马隆太太将来会非常感兴趣的东西。

我在墙上和天花板上看到了人脸。夜里我看到屋里有些身影，站着或者走动。我听见悄声说话的声音。现在我觉得，那可能是我在跟自己说话，现在的我在对当时的我说话。也许不止是我，还有你们，我的读者们，和我一起回顾这些情景。谁知道呢？他们当中有的是孩子,有的像我,有的不像我,还有些是大人,有的像我爸妈,有的不像。

有时候我觉得他们在我身体内部,或者从我身体里走了出来,走到了房间里。

有时候我从睡梦中醒来,看见一个身影站着或者走动,我就敢小声对他说话。

你好。你是谁?我叫比利·迪恩。

但是他们不回话,或者干脆消失在墙壁和天花板里,好像他们害怕或者害羞一样。

但他们还会回来。

我跟妈妈说了这件事。

"真的吗,比利?"她问我。

"嗯,妈妈。"

有次她陪了我一整晚。她好多年没这么做过了。

夜深了,我们等了好久,墙上终于出现了一张脸。

"在那儿,妈妈,看。"我小声说。

我指给她看那张脸。可是不管她怎么仔细看,她就是看不见。

"也许什么也没有。"我说。

"不一定,"她说,"可能真的有什么,你是个能看见特殊东西的男孩。"

她又看了看。那张脸消失了,取而代之的是另一张脸。接着,一个身影穿过房间。我告诉妈妈,可是她一点儿也看不见。

她紧紧地盯着我的眼睛。

"也许这就是这一切的意义。"她说。

"你在说什么,妈妈?"

"我不知道,比利。我什么都不知道。"

我说没关系,我也什么都不知道。

她叹了口气。

"可能这就是对我们的惩罚吧,"她说,"啊,比利,我们都对你做了什么?"

我不知道要怎么回答。一只老鼠突然从墙洞里爬了出来,在屋里四处乱窜。

"这家伙!"她说。

我说它们挺好的。

它们很脏,它们身上带了好多细菌。是时候该治治它们了。

# 话与画

爸爸带了图画书来,里面有约翰和鲸鱼,有大力士参孙和达利拉,有糖果屋的汉斯和格莱泰,有匹诺曹,有大灰狼。爸爸给我看书里的故事。他坐在我身边,让我靠在他身上。他读故事给我听,我则会用手指划过书页。每到这时,我就觉得我不再是那个叫比利·迪恩的男孩,而是我爸爸威弗雷的一部分,比如他的一只手臂或者一根手指。他指着书,告诉我这是字母,这是单词,这是句子,这是一页。

"你看,这念摩西。这念河。你把词语放在一起,就可以讲故事了。婴儿摩西被发现坐在一个篮子里,漂在河面上。明白吗?"

我答明白,但我其实不明白。

"好孩子,"他说,"我们再仔细看看这一页,来找找组成比利·迪恩的那些字母吧。"

他抓起我的手指,一个一个指出我名字里的那些字母。从 B 到 I 到 L 到 L 到 Y 到 D 到 E 到 A 到 N。

"合起来就是比利·迪恩,懂吗?"

我认真地看着书页。

"那摩西的故事里也有比利·迪恩吗?"我问。

他大声笑了起来。

"对!"他说,"照这样说,所有故事里都能找到比利·迪恩。"

他拿起另一本书，书里讲的是一个男孩和狼的故事。他指给我看，这本书里也找得到比利·迪恩。

"是不是很奇妙？"他说，"你来试试，儿子。"

他坐在一旁看着。

可是我做不到。

我偶尔会找对一个字母，可是基本上都找错了。我老是会指到一个比利·迪恩里根本没有的字母。

一开始爸爸并不介意。

他帮助我、纠正我。

他说熟能生巧。

他说这只是时间问题。

有一天他说，只要我坚持，将来我也可以自己写故事。

"那样可就厉害了，是不是比利？"他问。

"嗯，"我说，"会的。"

他还试着教我写字。他把一支毡笔塞进我手里，用他的手握着我的手，教我在一张纸上写字。

"这些是字母，"他又说，"这些是单词，比利。"

他在我耳边轻轻告诉我那些字母和单词的念法。

"B—I—L—L—Y，"他轻声说，"比利。摩西。狼。森林。耶稣。你看，字母组成单词，单词组成句子，句子组成了故事，懂吗？你看。大灰狼在森林里。"

他说什么样的故事都有。

"什么样的都有？"

"对，比利。关于比利·迪恩的故事也可以有。"

我不知道该说什么。他笑了。

"或者我们可以这样学。"他说。

他握着我的手，写了几个词。

"你看，"他说，"这个词念比利，那个念妈妈，那个念爸爸。"

他又握起我的手，这次写得非常慢、非常小心。我看着那些字母和单词成形。

"这句话是，很久以前，有一个叫比利·迪恩的男孩。明白吗？"

我说嗯，尽管我不明白。

"接下来换你试试。"他说。

他一把手拿走，我就什么都写不出来了。我很努力地想要写，还是写不出来。我只能胡乱涂了一堆乱七八糟的看不懂的东西。

一开始他只是叹口气，笑笑。一开始一切都好。他耸耸肩说："没事比利，这才刚开始。你慢慢就会学会的。我小时候也这样。我们要坚持。"

我们坚持了，但我还是什么都学不会。一天他爆发了。因为我太笨，他冲我发脾气。我手里的毡笔在纸上乱涂乱画，好像拿着一个傻乎乎的东西。爸爸气得脸通红，他攥紧拳头大喊：

"你到底怎么回事儿，比利·迪恩？"

"我、我不知道，爸爸。"

"你这么个玩意儿怎么可能是我儿子？"

"我不知道，爸爸。"

"你不知道,我也不知道。我们生下来的不是男孩,是他妈的怪物!"

"哦,威弗雷!"妈妈弱弱地说。

爸爸龇牙咧嘴地看了看妈妈。他抓起一片纸,飞速而用力地写了些什么,然后把纸猛地推到我面前。

"这上面写的什么?"他问。

"我、我不……"我结巴起来。

"你不知道?"他吼。

他拿走纸,厌恶地转过脸。

"你他妈看什么看?"他对妈妈说。

"没、没看什么,威弗雷。"

他继续写,继续给我看,我还是不认识。

"你个没用的东西!"他说。

"只有懂得语言,我们才是人!"他说。

"是吗,爸爸?"

"就是他妈的这么回事!每一个写对了的单词,都是在感恩上帝。"

"是吗,爸爸?"

"是,你这个白痴!"

妈妈慢吞吞地躲到远离我们的地方。她面朝墙坐着,双手抱着头。

她小声嘟囔着,声音又低又轻。

"你他妈说什么呢?"他说。

她咬住了嘴唇。

"我说，你不该那样骂他，威弗雷。"她说。

他冲她吼了起来。

"我就要骂，我还要骂得比该死的蠢货还难听！他这个鬼样子要怎么活下去？我们要是放他出去了，他可怎么办？"

他在空中挥舞着他紧握的拳头。

"我们为什么让他活下来？"他喊，"要这蠢货有什么用？"

妈妈呼唤着他的名字。

"威弗雷！哦，威弗雷！"

"威弗雷啊该死的威弗雷！"他说，"该死的威弗雷应该在开始之前结束这一切！"

他朝我靠过来，低头瞪着我。他的眼神和声音里都充满了憎恨。

"该死的威弗雷应该把这个怪物在娘胎里干掉。该死的威弗雷应该在这玩意儿出生的时候就淹死他！该死的威弗雷应该在五月五号那个该死的日子把这东西丢进火堆和废墟里闷死！"

他掐住了我的脖子。

"我说的对不对？"他冲我吼，"说话啊你这个白痴！你告诉我，我是不是早该结束这该死的破事了！你说是，说你爸爸我早该这么做！"

"是、是，你、你应、应该……"

他突然像动物一样咆哮起来。他哭了，先是流泪，然后放声大哭起来。他瘫倒在地板上颤抖了很久。

妈妈走过来紧紧抱住了我。我们静静地看着爸爸，直到他的愤怒和悲伤都平息了。他坐在地板那头叫我们。

"对不起，"他低声说，"我不是故意的，儿子。我那些话都不是认真的。我爱你。"

他伸出双臂环住了我。

妈妈说我们懂，我们知道他压力很大，知道这一切对他来说都很不容易。她拿了张纸巾，想擦掉爸爸脸上的眼泪。

他一把推开了她。

"问题就在这里，"他说，"儿子，我爱你。我很爱很爱你。因为爱，才有了伤害。"

他抱了抱我，我们一起到沙发上坐下，一言不发。妈妈靠近他，他没有再推开她。

我们坐了很久。后来他说，也许语言并不代表一切。也许沉默之中也有情感，这种情感比语言所能表达的更加深刻。他还说，也许语言是一种障碍，让我们没法认清最重要的事情。

"什么重要的事情？"我轻轻地问。

"我没法用语言形容，比利。也许你比我要更加了解这些东西，比利。像你这样的特殊孩子才能了解这些东西。也许这就是真相。对，也许这就是这一切的意义。"

他走到桌前，闭上眼沉思了很久。然后他拿过纸笔写了起来。过了好几分钟，他回到我面前，给我看他写的那些文字。

"你能看见什么？"他问。

我凑上去仔细看。我觉得我认出了我的名字、爸爸的名字和妈妈的名字，但我不确定。

"上面有字。"我说。

"对了。但是仔细看看，比利。在字里行间之外，你还能看到什么？"

"我不知道，爸爸。"

妈妈想凑上去看，但是爸爸把纸拿开了。

"这是给孩子看的，"他说，"不是给你。告诉我，比利。轻轻地慢慢地告诉我，你看见了什么。"

"什么也没有，爸爸。"

"没有？肯定有的，比利。仔细看那些字，看透它们。我想知道。告诉我，你看见了什么。"

"纸。"我回答。

"除了纸呢？"

我掀起那张纸。

"还有桌子，"我说，"还有地板。我不知道，爸爸。"

他低头看着地板，好像地板里藏着什么信息。我也低头看。我很好奇，地板外面是什么，地板外面的外面又是什么。爸爸坐在我身边，一动不动。

"没事儿，"他小声说，"没事儿。别急着说出来。"

他把纸撕得粉碎，扔进了垃圾箱。

他又给了我几张纸。

"要不我们来画图吧。"他说。

"画什么，爸爸？"

"什么都行。画我和妈妈坐在沙发上。"

我画了。我画画也是一团糟。

"哇,比利!"妈妈说,她拍起手。"你画得就像老鼠在墙角灰尘里留下的爪印子!"

我们都笑了,我们都高兴了起来。

# 威弗雷的一纸话

那天他写字的那张纸,我现在还留着。

我把它从垃圾箱里捡了回来。

妈妈也找过,我说老鼠肯定已经把那些纸吃掉了。她肯定知道我在撒谎,但是她说好吧,那样再好不过了。

我花了好几天,悄悄地、静静地把碎纸拼了起来。我非常小心,非常努力。我用透明胶带把它们粘了起来。我一遍一遍地读,试图破解其中的含义,但就是看不懂上面写了什么。我把这张纸藏在床底一块松动的地板下面。这是属于我自己的秘密。这张纸我现在还留着。现在我看得出我当时拼错了好多地方。这也没办法,毕竟那时我是一个不识字也不会写字的男孩。

现在我知道上面写的是什么了,尽管有些片段还是超出了我的理解范围。

我把纸上的字抄在这里。

写在最上面的是他最开始给我看的两句话,字迹潦草又有力。

第一句是:

**你是个怪物,比利·迪恩。**

下一句是:

**她是个愚蠢的肮脏的婊子。**

接下来是他写得比较慢的部分,是他发完脾气以后写的。

我是你的父亲威弗雷·格雷斯，而我的灵魂已经变得肮脏。我把你藏了起来。也许最开始的时候，那天早上我就该把你带出来。那天着了火，墙壁倒塌，街上回荡着人们的哀号和哭泣。或许我那时候就该把你举起来，说"看！有个孩子出生在了这死亡的时刻。看，整个世界都起死回生了。看，毁灭的力量一下子就被驱散了"。

可惜我没这么做，我太软弱了。

我问自己，我希望我的孩子来到这么可怕的世界吗？我告诉自己，让你在与世隔绝的环境长大，就能从邪恶力量的手中保护你。我说服自己，说你可能会因此成为一个圣人。哈！我甚至还告诉自己，你的存活一定是为了完成什么伟大的目标。现在我明白了，我只是想掩饰自己的罪行，寻找犯下罪行的正当理由。我要向你揭穿我的谎言。真相一点都不光彩，比利。我的真相和大部分真相一样平淡无奇。我诱惑了你纯洁的母亲，我害怕罪行暴露。我所有的行为都是出于欲望，对权力的滥用和懦弱，还有好奇。想想吧。我很好奇一个人——你，我的儿子，在这样的环境里要怎么长大。猜猜我怎么想的？我会培养出一个圣人、一个天使、一个超人？

哈。我常常做一个梦，梦见你就这么死在了你的秘密房间里，你消失了，好像你从没存在过，你身上将会落满灰尘，被倒塌的墙壁掩埋，最终和布灵克波尼的废墟融为一体。我醒来以后，会觉得这真是个最好的梦，一个最完美的梦。但你的生命力很强,儿子。而且你有一个好母亲。

当你选择走上一条道路,你很快就会对它习以为常。

啊,我们那么轻易地就走上了罪恶的道路。我们那么快就忘记了或许还有别的路可走。我们那么顺利地一路滑进了炼狱,并在这里找到了某种安慰。

时间不断流逝,你在不断长大。我一直说我会做些什么,然而我一直什么也没做。我一直对自己说,我是在保护你,从充满战争和荒芜的世界保护你。我告诉自己我在守护你的灵魂。我这是在把你培养成圣人。但是我真正保护的,是威弗雷·格雷斯——我自己。

我也毁掉了你母亲维罗妮卡的人生。我从来没爱过她,比利。我只是渴望她的身体、她的软弱,渴望她任由我摆布的样子,渴望她呼唤我的名字、在她落满灰尘的床上无助地依偎在我身上。

我知道我应该让你们俩自由,但是我胆小又懦弱,我已经没救了。我的灵魂已经黑得像漆黑的夜晚。我已经身陷地狱。

哦,比利,我心中充满了恐惧。我怕死亡是唯一的出路,我怕我会杀了你和你母亲。这既是我的恐惧,也是我的欲望。每当我来这里一次,这欲望就变得更加强烈。

我怕我很快就会忍不住了。

我像一个神,创造了一个自己厌恶的世界,一个他想要毁灭的世界。

我不能屈服于自己的欲望。我必须离开。我不能再回来了。但是我爱你,比利·迪恩。尽管我是这样一个人,我也还是爱着你。我没法离开你。如果在另一个世界,在另一种情况下,我一定会成为世界上最好的父亲。是的,我一定是。我
算了。原谅我,上帝!
上帝!哈。我已经不可饶恕。
我
算了。阿门。阿门!

我现在已经能读懂了。我试图看到隐藏在文字里的东西,但我只看到了那一天的回忆,那些日子的回忆。
我触摸爸爸的字迹。
我用铅笔把它们抄下来。
有时候,文字本身比他们写了什么、有什么含义更重要。
我把其中一些字又抄了一遍。

我爱你,比利·迪恩。尽管我是这样一个人,我也还是爱着你。

我轻轻唤着他的名字。
我用铅笔写下了他的名字。
有时候,他的名字本身比他的所作所为更重要。
父亲。威弗雷。爸爸。我可怜的爸爸。

# 在墙上写字

那会儿我开始在墙上写字和涂鸦。我写的字有的是我认识的，有的是我瞎编的，还有的根本不算字，只是我乱涂的符号。文字的符号和像是文字的符号罗列在一起。我还画了很多曲线、锯齿线、很多圆圈和螺旋图案。我还画了很多没用的涂鸦，画动物、画鸟、画爸爸妈妈，画又像野兽又像人的生物。

妈妈刚看到这些画的时候倒吸了一口气。那时候我才只画了一点，但是这似乎让她很烦恼。

"你把墙都弄花了，比利。"她说。

"你看你把这么可爱的房间都弄脏了，比利。"她说。

她用手捂住嘴笑了起来，然后摇摇头。

"我有什么可担心的呀？"她说。

她走近墙，试图阅读那些她认得出来的文字。

我指给她看我画的画。

"看，"我说，"这是长着翅膀的妈妈，这是长鼻子的爸爸，这是四条腿的我。"

她吸了口气，笑了起来。

我继续写。几天过去了，几个星期过去了，几个月过去了，我把墙壁都写满了。

爸爸看到这些涂鸦的时候非常沉默。他点了根烟抽了起来。

我记得我当时害怕得不得了,怕他要发脾气。但是他最终转过头来说:"挺好的,干吗不继续呢?干吗不干脆把整个房间都装饰起来?"

于是我继续写。我从墙角开始写,一直写到我够得着的地方。

墙上的图案越来越多。爸爸说好极了,他说这房间都快变成艺术品了。他说将来会有人来参观这些墙,就像到遥远的埃及参观那些壁画一样。

# 大师之作

有天晚上他带来一本漂亮的书,说这里讲的是耶稣的故事。华丽的纸张上有图也有字。他说这是一本大师之作,用的是非常古老和陌生的文字,他也没法全看懂,更别提写出这样的故事了。

他咧嘴笑了。

"所以,爸爸也不是什么字都认识,什么东西都会写。"他说。

"真的吗?"我问。

他笑着抱住我。

"对,真的。"他说。

他告诉我这本书只是本复制品,最初那本是很久很久以前在岛上写出来的,就是墙上挂的画里那个岛。

这本书好看极了。一行一行文字中间有鸟儿在飞。书里有写书人的画像,画的是他们在方方正正的小房间里写作。他们头上有发光的圆圈。爸爸说那是光环,说明这些人都是圣人。光环周围还有鸟儿和动物在飞。

爸爸说,他们很久很久以前写了这本书,那时候他们把字写在皮上。

我碰碰他的手。

"像这样的皮吗?"我问。

"是写在动物皮上,比利。那时候还没有纸。"

"是盒子里的动物那样的皮吗?"

"对,不过不是玩具动物的。是真的动物,比如岛上的小牛犊。"

"哦。"

"他们用羽毛笔写字。"

"羽毛?"

"对,他们挑选最强壮的鸟,拔下最结实的羽毛,蘸上墨水写字。"

我什么也没说。

"天鹅毛最好,其次是鹅毛。"

"什么是天鹅,爸爸?"

"是一种漂亮的白鸟,游在岛周围的水面上。它们的羽毛又白又漂亮,像天使的羽毛一样。"

听起来真美。

"是的。那些写书的人一坐就是好几年,手里拿着笔,眼睛盯着书页,脑袋里想的都是崇高的东西。他们守规矩、有耐心,而且从不分心。他们在为上帝工作,比利。写作就是这样一种工作——是上帝的工作。"

"所以动物们和天鹅们也是为上帝工作。"

"没错,比利。它们已经死了,却也还在为上帝工作。只要书还在,它们就还在为上帝工作。"

"真好,爸爸。"

"是的。只要书还在,那些动物就相当于获得了永生。"

"是吗?"

"嗯。"

"那写书的人也是。"

"对,写书的人也获得了永生。"

我盯着那本书,用手指抚摸那些文字和图画。

"那血呢,爸爸?"我问。

"什么血?"

"动物皮上的血。"

他一听大笑起来。

"他们当然是把血擦干净了,"他说,"先把毛剃了,清洗干净,铺平晾干,然后再割成一片一片的书页。"

"真好,爸爸。"

"他们说,他们写的每一个字,都是在恶魔撒旦身上划下的一道伤痕。"

"是吗?"

他冲我笑了。

"是的。我们必须打倒撒旦,是不是?"

当然,我不知道谁是撒旦,不知道为什么一定要打倒他,也不知道怎样打倒他。但是我看着那些华丽的书页,点点头说"嗯,爸爸,撒旦必须被打倒"。

爸爸也点点头对我微笑,牙齿缝里冒出烟来。

# 一只可怜的小老鼠

妈妈对老鼠采取的措施是老鼠夹子。她说老鼠很可怜,但这是为了我好,而且也没有别的办法了。她把老鼠夹子放在老鼠出没的洞口,上面夹了一小块奶酪。

我们一起看着老鼠夹子,妈妈伸出一只胳膊搂住了我。

"爸爸也说这是我们能用的最好办法了。"她说。

"是吗?"

"嗯,比利。"

我们又看看老鼠夹子。还没有老鼠出来。

"老鼠会不会不怕夹子?"我问。

"老鼠脑子挺笨的,比利。它们不知道老鼠夹子是陷阱。它们脑子里只有奶酪的味道。"

我们又看看老鼠夹子。

"很快就结束了,"她说,"它们什么感觉也不会有,别担心。"

可是老鼠不出来。可能因为我们在看,它们没法出来。妈妈耸耸肩。她该出去给别人剪头发了。她说如果我听到咔哒一声,那就是有老鼠被夹死了。

"你自己可以吗,比利?"妈妈问。

"可以。"

"如果有老鼠被夹了,你别管,等我回来收拾。也别看。"

她出门离开了。我等呀等。很长一段时间什么也没发生。我告诉自己，有我看着，什么也不会发生。一只快要死掉的老鼠，一定觉得自己是孤独的。于是我转过身，开始看一本马在天上飞的书。窗户外面的天黑了，但我没有开灯。我合上书，周围一片安静。远方传来了布灵克波尼的喧闹，墙壁像往常一样发出嘎吱嘎吱的开裂声，我听得到自己的心脏扑通扑通跳。

突然响起咔哒一声。

我没动，我不敢动。天已经很黑了。我一动不动，就像是睡着了一样。最后，我还是站了起来，打开灯，揉了揉眼，慢慢走向老鼠夹子。

老鼠一动不动地躺在那儿，头靠在奶酪上，脖子卡在夹子里。它张着嘴，有一小滴血从它嘴里流出来。我蹲下身子。老鼠的毛柔软而温热。它的身体也很软，胡子也很细。我摸得出它皮肤下面的骨头。它有一对儿小脚掌，还有一对锋利的小爪子。它嘴边的血已经差不多干了。

"可怜的老鼠。"我轻轻地说。

我蹲在地上看着它，直到妈妈开门进来。

"我们抓到一只老鼠。"我说。

她过来看了看。

"可怜的老鼠。"她轻轻地说，和我刚才说的一样。

她拿了些卫生纸，把夹子抬起来，拿出老鼠，用纸包了起来。

"老鼠啊，不怪你，"她对老鼠说，"你只不过不该在这个时间出现在这个地点。"

我们跟老鼠告别之后,妈妈就把老鼠拿到门外去了。

我还在看老鼠夹子,那上面还有血。

"我要把它弄干净吗?"妈妈回来后,我问。

"你要是不介意,就弄吧。"

我用湿的卫生纸把老鼠夹子擦干净,把纸扔进厕所冲走了。

"我们应该把老鼠夹子准备好。"我说。

"好。"她说。

老鼠夹子上还放着奶酪,那只可怜的老鼠一口也没吃到。我把夹子掀起来,用弹簧别住。弹簧很紧。

我们一起看着老鼠夹子。夹子一动不动,好像永远不会动一样。但是它杀起老鼠来是那么得快狠准。我想象自己是一只老鼠,而那个老鼠夹子咔哒一声,迅速地卡住了我的脖子。

"真可怜,"我说,"但是我们也只有这个办法了,妈妈。"

"是呀。"她说。

然后她让我去洗手,洗掉手上的血和细菌。

那天晚上我没睡觉。

我躺在床上等着。

很快我就等到了。

咔哒!

我从床上爬起来,打开灯,踮着脚走过去。又一只老鼠被夹死了,和上一只死在同一个夹子上。老鼠的喉咙被紧紧卡住,下场简直和第一只一模一样,只不过它嘴边还在滴血,血还没干,它的身体也还热着。

"可怜的老鼠。"我轻轻地说。

我打开桌子的抽屉,拿出一把刀、一把叉。我又拿了个盘子,拿了些卫生纸。我把老鼠从夹子上取了下来。它的身体很轻很轻,我几乎感觉不到它的存在。

我把老鼠放进盘子,端到桌上。

我坐在桌前。

我也不知道该从哪儿开始。我轻轻碰了碰老鼠,想道。

"对不起,老鼠,"我说,"反正你死的时候没什么感觉,我对你做这些,你也不会有什么感觉的。"

我刚要动手,又传来咔哒一声。

我摇摇头。

"老鼠呀,"我说,"你怎么就这么笨呢?"

我小心翼翼地,首先从切老鼠腿开始。

# 有人吗?

有人吗?有人在读这个故事吗?有人听吗?我怎么知道呢?也许已经过去了很多年。也许比利·迪恩已经不在了。也许整个世界和所有人都已经灰飞烟灭了。终结的毁灭终于降临,永无止境的死后世界笼罩着大地。

如果是这样,那就这样吧。

也许像马隆太太会说的那样,一切都注定会是这种结果。

到了最后,毁灭一定会战胜新生。

不过这样的话,世界至少会迎来一种和平。

尽管如此,我依然用刀削尖铅笔,继续写下去。我轻轻念出那些字句,就像对着死老鼠的耳朵低语。

破解这些文字。靠近我的双唇。读吧,听吧。这是我小时候在半夜里做的一切。看起来很可怕,但其实是一种温柔。

是一种爱。

# 老鼠的心

刀和叉子一点儿也不管用。切腿和尾巴倒是没什么问题，但要切其他部位就太钝了。我又打开抽屉，拿出了剪刀。妈妈就是用这把剪刀给我剪头发，她把剪刀磨得又亮又锋利。

我检查老鼠，还是不知道到底该从哪儿动手。我剪掉了老鼠的胡子，想了想，又剪掉了老鼠头。我得用力捏，不过老鼠头很容易就剪下来了。一些血和内脏流到了盘子上。我把剪刀尖插进老鼠皮，从喉咙剪到肚子，然后试着把老鼠皮剥下来，就像把一件外套从它身上脱下来。

先切开脖子周围的皮，后面就容易多了。不过就是有点黏有点脏，有更多血和内脏流了出来。老鼠腿附近的皮很好剥，因为我已经切掉了腿。我一直剪到老鼠的屁股，然后用力拉，把整张皮扯了下来，再用刀把上面沾的血刮掉。

我把皮铺在桌上。

拿走老鼠的身体之前，我又剪了几刀。我咔吧一下就弄开了骨头。老鼠身体的内部可真精致，我猜里面那些是肺、胃和其他东西。我把它们一点儿一点儿地剥开。里面有股味道，不过不太浓。我在老鼠身体中间找到了一个亮红色的东西，我把它拿了出来，放在掌心。

这是老鼠的心。

它很漂亮，很安静。

我小心翼翼地把它剪开。

善良在哪里呢。我心想。

里面没有别的东西了，除了红色就是红色。但是我相信爸爸的话，老鼠心中的什么地方一定有善。只不过我看不见。

"老鼠啊，"我说，"哪怕你死了，你也很漂亮。"

我把老鼠的心举起来，朝着窗户，朝着夜空，朝着星星和月亮，朝着无边无际的宇宙。

这是老鼠的心，我说。它活过，但现在死了。老鼠什么也没做错。它只是在不合适的时间出现在了不合适的地点。它死的时候没有痛苦。它将会得到永生。

我拿走了老鼠的尸体，扔进厕所冲掉了。我还冲掉了老鼠的头部、尾巴和三只爪子。但我留下一只爪子，包在卫生纸里作纪念。这只爪子我保留了好多年，现在也还留着。它是我的一件宝贝。

我拿起老鼠皮，又刮掉了上面沾的一些血，放在水龙头下冲洗。我用热水和洗发精，用手指使劲揉搓，最后用毛巾擦干。我用力拉扯老鼠皮，不过它几乎没什么弹性。我把皮放在桌上使劲压，想把它弄平。我又压了一本书在上面。

我走向另一个老鼠夹，走向下一只老鼠。

我已经掌握了诀窍，所以这次更容易了。

几个小时之后，我得到了两块完好的老鼠皮。

我把它们放在床底下晾干，上面压上书，好把它们压平。我把刀、叉、剪刀和盘子都洗干净，把桌子擦干净。我用毛毯把剪刀擦得和用之前一样锃亮。我把所有东西都放回原处。夜里做的这些事情，我一点儿痕迹都没留下。

我关了灯，上了床。

我很开心，迷迷糊糊地睡过去了。

我又听到一声咔哒响，不过我没管它。

到了早上，妈妈就会发现那只死老鼠，并把它处理掉。

就这样，我收集了几张老鼠皮。我把它们放在床底下。我刮不掉皮上面的毛，不过刮掉刮不掉也没太大影响。那时候我就已经明白，在这个不完美的世界里，没有什么事情会是完美的。

我当然没跟妈妈提起这些皮毛，不过我觉得，总有一天我会向她展示这个奇迹。我没拿走所有的老鼠，只挑了几只半夜出现的。夜里有星光和月光从天窗洒下来。

现在回想起来，我觉得那段时间真是漫长。可能有一个月，也可能有一年或者更多年，不过也可能只有几天，或者一两个星期。我不太确定。我所有的时间都过得模模糊糊的。

不管时间多长，反正那段日子一直有老鼠来。妈妈说它们总有一天不会再来了。总有一天它们会被我们全逮住。没错，老鼠变少了。不过它们还是不断地来，不断地死掉。妈妈说，一定是整个布灵克波尼的天花板和地下道里的老鼠都钻出来了。

"它们怎么不长记性呢？"她说，"它们什么时候能消停？"

"它们只不过是老鼠，它们懂得不太多，妈妈。"

妈妈为老鼠、为她做的一切掉了眼泪。

"这绝对是残害无辜，比利。"妈妈说。

"可你说这是最好的办法了。"

"我以前以为是的。可是我错了,我们有什么资格这样对待可怜的老鼠?"

于是我们收起老鼠夹子,让老鼠过上自由自在的生活。妈妈要花更多的时间清扫房间,不过老鼠大屠杀结束了,老鼠开心了,我们也是。

妈妈什么也没注意到,除了剪刀。她给我剪头发的时候咂了咂嘴,叹了口气。

"这玩意儿到底怎么回事?"她说。

"我不知道,妈妈。"

"现在的剪刀啊!"她说。

# 等待的日子

每张皮都要晾好几天才能干。

干了以后,我就用剪刀把皮剪成方块。有几张皮碎了。有几张卷了起来,怎么展也展不开。不过我没有放弃,最后我做出了十张整齐的老鼠皮。

十张大小一样的皮。

十只大小一样的死老鼠。

十只可以为上帝工作、可以获得永生的死老鼠。

我用蓝色的毡尖笔在第一张皮上写下了第一个字。其实我写的不能算字,只不过是和往常一样的胡涂乱画。不过我告诉自己,我写的就是正常的字,我写的是:

这是一切的开端。

然而我写得一团糟,太糟糕了。毡尖笔写出来的字太粗太丑。我想把字洗掉,但是洗不掉。我就这么浪费了一张宝贵的鼠皮。

我向老鼠的灵魂道歉。

那张皮我没扔掉。尽管上面的字一团糟,这还是一张非常珍贵的皮,不能扔进厕所冲掉。

这是一个教训,一个警告。

我把它也留作纪念品。

我知道我得用别的笔写。

不能用毡尖笔和铅笔。

我把剩下几张皮夹进一本书里，放回床底。

我告诉自己，我愿意等。

我告诉自己，岛上那些大师之作的作者写了好几年。他们脑子里想的是崇高的事情。他们守规矩、有耐心，而且从不分心。

我等着。

好几天过去了，冬天变成了春天。

我继续等着。

不知为什么，我就是知道我的鸟儿会来的。

# 鸟儿的到来

那时是春天，天很蓝，阳光很明媚。那正是我的个子疯长的时候。一个下午，我听见有声音从墙里传来。有人在喊妈妈的名字，但那声音却不是爸爸。"维罗妮卡！哦，我的维罗妮卡！"

整个下午都不断有鸟儿飞落在窗户上，低头俯视房间，然后飞走。它们唱着歌。

"维罗妮卡！"那个低沉的声音呼唤着。这声音变得越来越高、越来越甜，几乎像鸟儿的歌唱一样动听。"哦，我美丽的维罗妮卡！"

然后墙壁那侧安静了下来。还在歌唱的只剩下窗户上的鸟儿，它们唱得那么婉转动听。

很快妈妈来了，她拿来一个三明治，里面有肉、生菜和黄油，她还拿了一杯牛奶。这些东西对我来说简直就是美味。

"我听到一个人的声音。"我对她说。

她看起来温柔、宁静又温暖，她笑了。

"你老是听见声音，比利·迪恩。"

她揉了揉我的头发，她的手指穿过我的发丝。

"是屠夫麦考弗雷先生，"她说，"他来看我了。"

她又笑了，眼睛都眯了起来。

"他给我唱了歌，比利。"她喃喃地说。

我试着想象麦考弗雷先生是什么样的人。

"我能哪天见见他吗,妈妈?"我问。

"嗯,比利。"

她一个哆嗦,抱起了胳膊,抬头看着窗户。

"今天真暖和,"她说,"春天说来就来了。今天该给屋里透透气了。"

她拿出杆子,拉开天窗,窗玻璃就这么垂了下来。外面凉爽清甜的的空气飘了进来。空气里的噪声也飘了进来,那些咚咚啪啪嗡嗡,还有当当砰砰,还有那些奇怪的、遥远的声音。

我们沉默了很久,只是一起静静地听着。我嚼着三明治,小口喝着牛奶,舔着嘴唇。

"你觉得那是什么?"妈妈问。

"那个是哪个?"

"每一个,比利。所有存在的东西。"

我记得她的话让我很困惑。所有存在的东西,所有存在的东西是什么?

"我怎么知道?"我反问她。

"就当我没问,"妈妈说,"听那些鸟叫。"

我们继续听。我听出了在这数量庞大、无穷无尽的所有存在中,鸟儿那么渺小,却又那么强大。

我听见它们在外面的世界歌唱,在我的内心深处歌唱。

"对,"妈妈说,"对,也许你该见一见麦考弗雷先生。他是个强壮的好人,比利。他会帮我们的。亲亲我。"

她把脸伸过来，我亲了亲她的嘴唇。

"我得走了。你行吗？"

"当然行了。我一直都行，妈妈。"

"嗯，你一直都行，比利。"

她离开了，但是她忘了关窗户。她也没有回来关窗。窗户就这么开着，下午过去了，黑夜马上就要到来。

她从没忘记过关窗，也从不会开窗开到晚上。可能是她忘了，也可能她是故意的。又或者她可能有了某种预感。外面变天了，静止的空气变成了微风、大风，最后成了狂风。天上的云飘得飞快，风刮过窗户发出嗖嗖的摩擦声。我人生中第一次淋到了雨，我抬起脸迎接雨水。水珠啪啪地打在我的脸上，有点疼有点痒有点甜。我舔了舔嘴唇和脸颊上的雨水。雨下得更快更猛了，飞溅到地毯和沙发上，很快湿成了一片。突然，空气中传来一阵拍打翅膀的声音。我抬起头，惊讶地发现一只麻雀在房间里。它疯狂地乱飞，显然是吓坏了。它一定是从窗户飞进来的，想躲一躲这场小型暴风雨，但是却迷失了出去的路。它在屋里飞来飞去，一次又一次地撞在墙上。它撞在墙上的画上，好像以为它可以飞进画里的小岛上去。它撞在门上，好像以为它可以穿过这扇门。

我跳起来，向鸟儿伸出双手。

"别害怕，小麻雀。"我说。

"冷静点。"我说。

"我来帮你飞回天上去。"我说。

可是没用。小鸟还是慌乱地来回飞，扑腾着翅膀到处乱撞，啾啾叫个不停。它害怕自己待的这个地方,害怕比利·迪恩,但找不到窗户在哪儿,也不知道窗户是逃走的唯一通道。

碰啊撞啊飞呀蹿啊啾啾啾地叫啊。

"哦,可怜的绝望的小麻雀,有我在。"

"冷静点,"我想再喊喊它,"冷静点,让我送你回天上。"

很快小麻雀就摔落在地,它扑腾着又飞起来,又摔下来,又扑腾着飞起来。

终于它栽在地上,不动了。它不再试着起飞,它已经向自己的命运投降了。

小麻雀爬到了沙发底下。

它爬着爬着,雨停了,外面的空气也停止了流动,天变成了粉蓝色。

我趴在地板上。

"小鸟。"我轻声喊道。

我窥视黑漆漆的沙发底,小鸟就在那儿,它又虚弱又害怕,把自己藏进了翅膀里。

"可怜的麻雀,"我轻轻说,"比利·迪恩不会伤害你的。"

我把那个装三明治的盘子拿了过来。我用手指捏了点盘子里的面包屑,把手伸进黑漆漆的沙发底。

"吃点儿面包吗?"

它没有反应。

我静静看着。那片黑暗越来越深邃,一束粉色的光从天上照了进来。很快,小鸟融入了那片黑暗,变成了一个黑色的小球。我把手伸进沙发底下,抓住了软绵绵的小鸟,把它拿了出来。

鸟儿是这么小、这么轻,似乎我手里什么都没有。它没有呼吸,没有心跳。我碰了碰它的小嘴、小爪子还有柔软的羽毛。它的翅膀收着,头靠在我的手掌上。

"谢谢你的牺牲。"我轻轻地说。

我不再等待。

我打开灯,检查着鸟儿的羽毛,分开翅羽和尾羽。我觉得翅膀和尾巴上的羽毛肯定最大最坚硬。我试着拔出一根羽毛,但是它卡得死死的。这很简单,我想。我拿出剪刀,试着把羽毛的根从肉里挖出来。这次终于成功了,羽毛根部只挂着一滴血。我把血擦掉。我学着爸爸拿钢笔的样子,用手指捏住羽毛。我拿着羽毛在纸上前前后后移动,寻找着手感。

我拆了几根毡尖笔,把里面的墨水挤在三明治的盘子里。我用羽毛笔尖蘸了蘸墨水,开始在纸上写字。我缓缓地、小心翼翼地写,比我过去任何时候都要缓慢、都要小心。我告诉自己,我的智力和写字技巧应该都进步了。我画了很多细小的曲线和锯齿线,看起来就像字和词。我知道它们不是真的字和词,可是我现在还不会写字。但我告诉自己,没有意义的东西也可以很美。我试着模仿那本大师之作,那上面的词语形状都很美,但是有的连爸爸也看不懂。我写了几个小时,写出的符号终于看起来有点像字了。但是墨水太稀,颜色太淡。于是我用剪刀把小鸟剪开,轻轻地剪了一刀又一刀,直到露出小鸟的心脏,里面的血还湿润着。我把血和墨水混在一起,继续写起来。这下好多了。我试着把羽毛笔的笔头切成好几种形状。第一只羽毛笔用坏了,我就又拔下一根羽毛。我写呀写。很快鸟血就干了。于是我用剪刀在胳膊肘反面的位置割了个口子,挤出血来,让它们滴进墨水里,再接着写。

我异常兴奋,一整个晚上就这么过去了。

我专心地写,忘记了一切。

白天到了。

我看着我写的书。我写得更好了,线条和形状更直了。

我把小鸟、羽毛和书页放在床底下,把盘子、剪刀和刀洗干净。

天开始蒙蒙亮的时候,我爬上了床。

我做了个梦。梦见我的身体里有个小小的、红色的鸟儿心脏。梦见我的身上也长了羽毛和翅膀。梦见我从开着的窗户飞进了屋里,却再也找不到出去的路。我梦见爸爸把我举了起来。可怜的小鸟,他轻声说。他坐在我旁边,用剪刀把我剪开了。他剪断了我的羽毛、我的骨头,不断剪着,直到他开始用我的心脏写字。他把钢笔在比利·迪恩的心脏里蘸了蘸,用比利·迪恩的血写下了比利·迪恩的故事。

我看着那些字和图画成形,它们好美。

我试着读出他们,爸爸笑了。

"它的写法又古老又奇怪,"他说,"尽管这是我写的,我却没法全读出来,没法全弄明白。"

他看着我。

"你呢?"他说。

"我怎么了?"

"你能明白吗,比利?"

"不,爸爸。"我轻轻回答。

"那你和爸爸一样。"

"这样挺好。"我说。

"挺好,"他说,"这些文字和图画是大师之作。一部关于名叫比利·迪恩的男孩的大师之作。看,这是你的名字比利·迪恩。这是妈妈的名字,这是爸爸的名字。"

我看过去,认出了他指给我的一些字。我像一个长着羽毛的动物一样,兴奋地打了个颤。

# 关于杀戮的词语

我醒来时妈妈已经来到我身边。天亮了。妈妈轻轻地摇醒我，在我耳旁说道。

"你睡得真死，比利·迪恩。你的小脑袋到哪儿神游去啦？"

"哪儿也没去。就在床上躺着，妈妈。"

她笑了。梦里爸爸的手的感觉还残留着。

"爸爸快来了吗？"我问。

妈妈望向别处，递给了我一杯橙汁。我接过来，抿了一小口。

"谁知道呢，比利？你知道你爸爸那个样子。你问这个干什么，是不是想他了？"

"嗯，妈妈。"

她在床上挨着我坐下，叹了口气。

"怎么了，妈妈？"我问。

"你得知道，她说，早晚有一天，爸爸不会再回来了。"

我笑了。

"不可能。"我说。

"你怎么知道，儿子？上次你也看见了，他那些脾气和怨恨。他会因为这些离开我们。"

但是那些都过去了。我爸爸威弗雷不会丢下我们的，他爱我们，他不会这么做的。

她闭上了眼睛。

"你不了解你爸爸，我也一样，比利。"

"不，我了解。"

"你不了解，比利。你要长大了，该明白这些了。"

我不知道说什么好。我闭上了眼睛。我又看到了梦里的爸爸，我感到他的钢笔直直地插进了我的心脏。我喃喃地说：

"要是他再也不来了，我就去找他，把他带回来。"

"是吗，比利？你知道要怎么走，要去哪儿找他？"

我看看周围的墙，看看墙上的字母、符号和挂着的画，看看天窗，看看老鼠洞，看看那扇我千万不能出去的门。我想到了鸟儿、老鼠、我的梦，我越是想，就越是着急，我的脑袋就越是颤抖。

我不知不觉说了出来。我会想办法。如果我求他回来，他还是不回来的话，我就……

"你就怎样，比利·迪恩？"

我又想起了那只死去的鸟，想到了被夹子卡住喉咙的老鼠。

"我就只能杀了他了，妈妈。"

她用手捂住了嘴。

"别这样说！"

但是她又咧嘴笑了起来，她斜眼看着我。

"小比利·迪恩，你知道杀人是怎么回事吗？用小老鼠夹子杀死小老鼠不算。"

我知道的可多了。我知道该隐杀了弟弟亚伯，我知道上帝用一场大洪水毁了罪恶之城蛾摩拉和所多玛，杀了成千上万的人。

那些老故事,她说。

嗯,妈妈,那些老故事。

我捏紧一只拳头,高高举过头顶。

我要和上帝一样。我要让他弃恶从善,如果他不,我就杀了他。像这样!

我重重地挥起拳头砸在床上。此时此刻的我也是如此,重重地挥起铅笔刺在纸上。

"就这样?"她说,"你这样就能杀死你爱的人?我可不信,比利·迪恩。"

她转过头。我坐起来,抱住了她。

"不过你真是个英雄!"她说,"你真是个勇敢的小英雄!"

然后她哭了。她说她真是个蠢女人,怎么会有这么个天使一样的儿子。威弗雷呢?他算什么?他是个什么禽兽?谁知道他会遭什么报应?

我看着她哭,直到她冷静了下来。

"再过不久就会结束了,"她轻轻说,"像那些老鼠一样。"

老鼠会怎么样?

它们会遭遇一些残忍的事,不过那对他们来说是最好的结果。

然后她离开了。我又从床底下把我的东西拿了出来。我胳膊上的伤口已经愈合了,于是我再次割开伤口,放出血来,把血和墨水混在一起,继续写。因为我做的那个梦,我已经知道要怎么写"比利""迪恩""妈妈"和"爸爸",还有一些词语,比如儿子、疯子、坏蛋、笔尖、该死和死亡。但是我不知道该用什么词把它们串起来。

# 我的大师之作

我终于开始在鼠皮上写字了。我练了好几天,终于拿出第一张皮铺在桌子上。我在血墨水里蘸了蘸羽毛笔的笔尖。我写下一行行意义不明但是好看的小符号,还有我会写的屈指可数的几个词语。我脑海里的符号讲述了比利·迪恩的故事,他在秘密中长大,在事物的中心长大。

我给故事里的男孩画了几张图。我画了写故事的男孩。我画他在一个方方正正的小房间里,手里拿着一支羽毛笔,头上有一个光环,有鸟儿们在绕着光环飞。

就这样,我完成了我的大师之作。我写和画了整整九张。我用剪刀的尖头在每张皮的角上扎出一个小洞,用线把九张皮穿在了一起。

我模仿过去时候的人,用鸟的羽毛做成笔,在野兽的皮上写字。写出来的字很美。

# 爸爸的恐惧

也许就在制作大师之作的过程中,我不知不觉地做好了准备,准备迎接结束的时刻,准备面对即将到来的变化。它们来得那么快。

我记得爸爸最后一次来看我们的时候。那次是白天,而他平时很少白天来。我记得他一开始特别亲切,他摸了摸我胳膊腿上的肌肉,说我就要长成一个健康强壮的大男孩了。

"你要变成男人了,比利·迪恩。"他说。

他把我拉到他跟前。我突然发现我长高了好多,我记得这个发现让我多么的吃惊。

"看看你!"他说,"你马上就要和爸爸一样高了。"

我一边笑一边跳,这样我的头顶就和爸爸差不多平齐了。

他也笑了,然后转过身。他背着手,抬头看着天窗,很久没有说话。一束光落在了他身上,那束光里有无数颗灰尘在飞舞、旋转、发光。他点了根黑色的香烟,烟雾和灰尘一起围绕着他旋转。他还没开口,我就已经察觉到了他心中的痛苦。他开口后,声音在颤抖。

"你能原谅我吗,比利?"

我说我不知道我要原谅什么,但是他让我原谅,我就原谅。

他发出一声不像笑声的笑声。

"哦，比利！"他说。

他从灰尘和烟雾里走了出来，从光里走了出来。

"你是不会原谅我的，"他说，"你除了恨我，还能怎么样呢？"

他叹了口气，吻了吻我的脸颊，抱了抱我。他起身朝门走去，然后又转身走回我面前，离我很近很近。

"上帝存在吗，比利？"他说。

我不知道怎么回答。

"存在吗？"他说，"上帝存在吗恶魔存在吗善存在吗恶存在吗天堂和地狱存在吗？除了这一切，还有其他东西存在吗？"

我想说点什么，却无言以对。

他用两手捧住我的头，让我看着他，只看着他。

"回答我。"他说。

"我不知道，爸爸。"

"我觉得你知道。我以为把纯洁无知的你关在这个小地方，你就能看见那些东西了，那些其他人都看不见的东西。"

他越来越用力，弄疼了我。

"你没别的要说了吗？"他问。

"我不知道，爸爸。"

"你不知道？你他妈的不知道？"

"不知道。"

他靠得更近了。

"告诉我你看见什么了。"他说。

"你，爸爸，"我说，"就看见你了。"

"你,"他说,"我。我他妈是个什么东西?"

他更用力地把我拉近。他弯下腰,我则被他拉扯得脚尖离了地,我的眼睛几乎要贴上了他的眼睛,他的鼻子顶着我的鼻子。他眼睛上面的伤疤离我那么近,就在我眼前。我看到他眼里升起了一团怒火。

"看着我的眼睛,小子。仔细看。"

我瞪着他。

"我说仔细看,"他说,"再仔细点儿看,该死的比利·迪恩。这里有什么?"

"哪里?"

"这里,我,你爸爸威弗雷。仔细看,告诉我你看见什么了。"

我盯着他眼睛中间的黑色瞳孔。

"我不知道,爸爸!"

"别再说这句了!"

"但是我真不知道。我怎么会知道?"

"哦,该死的耶稣,怎么说来说去就是这么一句话。告诉我!"

有一片漆黑,爸爸。就只有一个小黑洞,里面是一片漆黑……

他推开我,但还抓着我的头。他转着我的头,让我看着他周围。

"我身边有什么我身后有什么我头顶有什么我脚下有什么?"

"就是平时那些东西,爸爸。就是空气、地板、房顶、墙壁、落下来的灰尘、光,还有星星。"

"其他的呢?这里就没有其他的了吗?"

"没了。"我小声说。

"没了,"他说,"当然没别的了。原谅我,比利。"

他叹了口气。

"原谅我接下来要做的。"

他的手伸向他脖子上戴着的围巾。他拽了拽,围巾滑落到他手上。他两只手拿着围巾,迅速地把它绕在了我脖子上。他一拉围巾,把我拉到他跟前。我闻见了他身上的气味,那些烟和酒的香味,那种爸爸的味道。我看到他的黑色瞳孔周围,还有一圈非常非常非常明亮的蓝。

"我要动手了。你懂的,比利。是不是?"

"你要干什么,爸爸?"我小声回答。

他笑了。

"这可能是我能为你做的最好的事情了,"他说,"先解决你,再解决她,最后解决我自己。这样就完了,一切都会结束了。"

我不想说话,也不想动或者做些别的,我怕他会离开。我只想让他留在我身边,一直以来我只是想让他留在我身边。

"我会亲手送你上天堂,"他说,"这样一来我肯定就会下地狱了。"

我继续看着他的蓝眼睛和中间那个小黑洞。他拉紧围巾,勒住了我的脖子。他看着我,拉得更紧了一点儿。我有预感,如果他继续拉紧,我就没法再呼吸了。

"不要,爸爸,"我急促地说,"求求你。"

"为什么,比利?"

他拉紧围巾,看着我开始喘不过气,看着我发抖,看着我拼命扭动,看着我试图用自己无力的双手把围巾拉开。

然后他放开了我。他大口喘着气,摇摇头,松开了手。他看了看自己的手,眼泪从他的眼里滑落。

我解开围巾,伸出手抱住了爸爸。

"没事的,爸爸。"我说。

"怎么会没事呢?"他小声说。

他又吸了口气,跪在我面前。他仰起头,把喉咙暴露在我面前。

"该你解决了我才对,比利,"他说,"动手吧。去拿把刀,现在就杀了我。"

我伸手碰了碰他的喉咙。那里有一块突起,但是又白又软又光滑。我能摸出他的血液和呼吸在流动,他的肌肉在微微颤抖。我摸到了他的软骨和骨头,我想象着我的手指来到他的身体深处,深到他的心脏。

他没有动,任由我把手指放在他身上,在他身上移动,感受着他身体里的生命。

"这不是犯罪,"他说,"你没有罪。你不需要被原谅,要原谅你的人也不会在了。"

我转身跑到床边,拿出了床底下的东西。先是鸟儿的羽毛。

他一动不动地看着我。

"你干什么呢,比利。"他问。

"别动,爸爸。别管我。"

我卷起袖子,揭开胳膊上的伤口,用羽毛笔蘸了蘸。他惊恐万状地看着我。我用血在他的喉咙上写下了我的名字。

"我一直在练。"我说。

"我看不见,比利。"

"伸出手来。"

他伸出一只手。

我又写了一遍,把我的名字写在了他的手背上。

**比利。**

我又写了他的名字。

**威弗雷。**

我的手在抖,写出来的字不好看,但是我没写错。

"哦,比利!"他说。

"写在皮上,"我说,"和过去的人一样。"

我又写下一个名字。

**维罗妮卡。**

我的手抖得停不下来。羽毛笔很尖,我下手太重,爸爸手一缩,一小滴血冒了出来,和我的血混在了一起。

"对不起,爸爸。"我说。

我看着他缓缓地用指尖把两种血液揉在一起,然后血干了。

我又说了一遍对不起,我不是故意的。他说没事没事。

我深吸了一口气,鼓足了勇气。

"我给你做了样东西。"我说。

"一样东西?"

"对,一样东西。"

我跪在地上,把手伸到床底下。我小心翼翼地拿出那本鼠皮书,哆哆嗦嗦地把它递给了爸爸。

就是这个东西,我说。

这本书在爸爸手里显得那么小,像一件无足轻重的愚蠢的小东西。这本书说明那些老鼠是多么渺小。那些字母说明那只鸟儿是多么渺小。那些无意义的文字说明了比利·迪恩的脑袋是多么的渺小。

他翻开那本书,一束光和灰尘落在书页之间,那些文字和图画看起来就像是在发光。

"你看,"我说,"我用血墨水写下了我们的名字。"

他看着我,好像我对他来说是一个巨大的谜。像天上的星星一样,或者像万物心中的善一样。

"我想写一本大师之作。"我说。里面有动物、有鸟、有人,里面有词语、有故事。我写的时候很耐心也很专注,我脑子想的是崇高的东西。

"真美,比利。"

"爸爸,这是我为你写的。"

"哦,我不能抢走它,比利。"

"你必须拿着,你必须带着它。"

他发出一声呻吟,听起来非常痛苦。他的这声呻吟卷起了他嘴边的灰尘,形成了一场小风暴,那些飞散的灰尘粒就像无数颗流星,像无数只慌乱的小鸟。

我把书按在他手上。

"求求你,"我说,"求你带着它吧,爸爸。"

他又发出一声呻吟。他看看天,看看房间,看看我的眼睛又看看书,似乎他不知道自己在哪儿,不知道自己是什么,似乎他什么也不知道。

他扭过脸,紧紧抓住那本书。

"忘了我吧,比利。"他说。

我朝他伸出手,但却没有够到他。

"在你心里杀了我吧。"他说。

我抓住他的黑外套,但是他挣脱了。

"再见。"他悄声说。

然后他穿过了那扇我不可以出去的门。他没关门,门就这么大敞着。我看到的,是他留下的深不见底的一片漆黑。我移开目光,他最后的话语在我的内心深处不断回响。

再见。再见。再见。

我站在那一束光和灰尘里。我摸着松松垮垮挂在脖子上的围巾。我闻着那上面爸爸的味道。墙里开始传出喃喃的低语。我走到墙边,使劲贴上去努力听,只听到了四周一片寂静。

过了很长时间。

妈妈来了。她关上门,穿过房间,抱住了我。

"爸爸走了。"她说。

# 飞鼠的诞生

不久之后,屋里开始散发出一股臭味。一天早上,妈妈给我拿来早餐,她停下来,闻了闻空气中的气味。

"屋里有一股什么味儿?"她说。

"什么味儿?"我说。尽管我知道她指的是什么。

"一股怪味。有点甜,有点恶心。"

她闻闻我,闻闻床。她趴在地上,脸贴在地板和地毯上,开始在屋里一边爬一边闻来闻去。

"可能又是老鼠。"她说。

"可能是。"

她躺在墙边,闻了闻老鼠洞。

和平时一样难闻。

她继续闻,继续找,不过什么也没找到。

"回头我拿消毒剂来,带点工具把这里擦一擦。"她说。

"好,妈妈。要是我找到什么东西,我就告诉你。"

然后她就去给人剪头发了。我爬到床底下,移开我那块秘密地板。

臭味当然是那只死麻雀身上散发出来的。

我把死老鼠的碎片都处理掉了,除了第一只老鼠身上的一只脚。可是我不能扔掉小鸟,它太珍贵了。可是不管它多珍贵,它都迟早要腐烂。

我把小鸟拿出来。它真是难闻得要命。我得赶紧把它处理掉。我走去厕所，可是我还是舍不得扔。我拿出剪刀剪掉小鸟的翅膀，身子则扔进厕所冲掉。我冲了两次才把小绒毛都冲干净。我把翅膀放在桌上展开，上面好几根羽毛都被拔掉了，而且它还散发出一阵阵难闻的臭味，不过它看起来还是那么可爱。

我只是想让它们到最后一刻也漂漂亮亮的。我把翅膀全部展开，感叹它们的可爱。我感谢这只小鸟，从天上来到我身边。

我脑中出现了一个形象，我知道该怎么做了。

我找出之前用过的一个老鼠夹子，被妈妈放在抽屉里的。我放上早餐的面包渣当诱饵，把夹子拉起来，用弹簧别住。我把老鼠夹子放在墙边一个老鼠洞口。我站起来退后，等老鼠上钩。一束光从天窗照射进来，一切都显得那么宁静安详。

我没等太久。

一只老鼠从洞里钻了出来。它看起来和别的老鼠一样，灰色的皮毛、瘦瘦的尾巴、小小的脚掌、细细的胡须和尖尖的耳朵。它闻了闻，左看看右看看，又看看天上。它走向老鼠夹子，又闻了闻。它停住了几秒钟，好像在思考。然后它一脚踩上老鼠夹子，伸头去吃面包屑，只听咔哒一声！弹簧的弹力太猛，整个夹子都跳了起来，老鼠扭动起来。经过一番最后的挣扎，它不动弹了。

我蹲下身子。

我轻轻地对老鼠说了声谢谢。感谢它把自己献给了我，献给了那只鸟儿。

我小心翼翼地把老鼠从夹子上取下来。

它死了,但是依然温暖又柔软。我把这个可爱的小动物拿在手里。

我把它拿到桌上,放进盘子里。

我似乎知道,这会是我在这里做的最后一件正确的事。

我拿起剪刀,在老鼠肩膀上剪出两个小洞,再把鸟儿的翅膀插了进去。我创造了一种生物,像天使,像会飞的马,像过去时候的动物一样,这个世界上从没有人见过这样的生物。

这是我对老鼠和鸟儿做的第二件事。虽然它软趴趴的,看起来很奇怪。虽然我知道它不可能飞起来,可我还是托起小飞鼠,用大拇指撑起了它的翅膀。老鼠的血顺着我的手指流了下来,鸟儿的臭味融进了我的呼吸,但我知道,我创造了一种新事物,一种奇怪的事物。它和我的大师之作一样,会永远留在我的记忆之中。

啊,我知道。现在回想起来,那个时候的我非常非常的诡异。被关在房间里那么多年,那些孤独,那些被爸爸抛弃的痛苦,那些老鼠和鸟,还有那些夜晚我做过的所有的怪事。可能我不仅仅是有点发疯了吧。我确实发疯了,但也许那些疯狂还产生了某种力量,引发了那一晚的奇迹。也可能不是这样。谁知道呢?也许这一切都是疯子的幻觉,也有可能和妈妈有关,也许将来某一天我会找机会问问她。

那天晚上,我把发臭的飞鼠放在桌子上,正对着天窗。我告诉它,它可以复活了,它可以飞上星空,和上面的其他动物、神灵还有星系会合。

这就真的发生了。我看见飞鼠天使从桌上升起，它飞过这个小房间，飞过天窗，继续上升。渐渐地，它不见了，它去了无数公里之外的远方。窗框外能看到的，只剩下闪闪发亮的星星，排列成了可爱的飞鼠的形状。

我再次醒来时已经是早上，小飞鼠不在桌子上，正如我梦到的一样。妈妈进来了，坐在床边。她带来一桶消毒剂，手上戴着橡胶手套，拿着刷子。

她坐在床上。

"我们不能这样继续下去了，比利。"妈妈说。

"我不知道，妈妈。"

"不能再这样了，你得做好准备了。"

"准备什么，妈妈？"

"准备从这扇门出去，儿子。时候到了。"

我发起抖来，她把我拥进怀里。

"你爸爸不会再回来了，比利。我知道的。现在就剩我们俩了。"

"是吗，妈妈？"

"嗯。但我们还有朋友的帮助。麦考弗雷先生，马隆太太。他们已经准备好了。你别担心，他们都是好人。"

她咧嘴笑了，咬了咬嘴唇。

"不过，麦考弗雷先生……"她说。

"麦考弗雷先生怎么了？"

"他不相信你的存在，比利。"

"不相信?"

"对。不管我和马隆太太怎么跟他说,他就是不信,他不信有你这么个男孩被关在这样一个地方。"

我试着想象一个麦考弗雷先生是什么样子。当然,我根本想象不出来。我只见过我爸爸、我妈妈、我、鸟儿、老鼠和那些影子,它们时不时出现在暗处和我的梦境中。

"等他见到你,碰到你就会相信你是真的了。"妈妈说。

"这倒是。"

"等我看见他,碰到他的时候,我也能相信他是真的了。"

她笑了。

"这倒也是。"她说。

她紧紧地抱住了我。

你得准备好,你得勇敢,她轻轻地说。出去了就不会回来了。你一走,我们就把这里锁起来。一刀两断。再也不回来。明白吗,比利?

我完全不明白。我不知道怎么准备好,也不知道怎么变勇敢。

我努力想弄明白,飞鼠的事情帮了我一把。我告诉自己,既然那样的东西也可以离开这个房间,那么比利·迪恩这样的东西肯定也可以。

妈妈待了几个小时。她把墙壁、浴室、厕所和地板都擦了一遍。房间里很快就飘满肥皂和消毒剂的气味。我知道,死鸟的臭味也会很快散掉。妈妈唯一发现的蛛丝马迹,是厕所旁边地板上的一根灰色羽毛。她拿起羽毛,看看羽毛,又看看我。

"这东西怎么跑到这儿来的?"她问。

"不知道,妈妈。"

她笑了。

"也对,你怎么可能知道。"

她抬起羽毛,轻轻一吹,羽毛飞了起来。

我们看着羽毛飘啊飘。我把那条黑色穗边围巾围在身上,闻着上面的味道。妈妈走了。我在墙壁上写下了最后一个词。

我写了一个词,意思是再见。

再见。

# 第二部　布灵克波尼

# 外 面

"把他弄起来,盖上头巾。快点,趁他还没反应过来。"

那天早上,我一醒来就听见一个女人的声音。我紧紧地闭着眼睛,拉起毛毯盖住头。毛毯被猛地拉开,一双大手抓住了我的肩膀,温热的呼吸喷在我脸上,我闻到了血的味道,还听见了一个男人的惊叫声。

"是真的。老天爷,维罗妮卡,他真的存在。"

妈妈轻轻碰了碰我的脸颊,亲了亲我,轻声说:

"对,是真的。我早就告诉你我可爱的儿子是真的,他就在这儿。起床了,比利。该走了。"

"起了!"那个男人说。他想把我抬起来,但我身子僵住了,一动不动,他就犹豫了。

"天哪,"他说,"老天爷呀。"

我睁开眼,他就在我跟前。他有着一张油光光的大脸、一颗油光光的大头和一对棕色的大眼睛。他眨眨眼,从我身边退开。他做了个鬼脸,用他鲜红的舌头舔了舔嘴唇。

"麦考弗雷,我的名字。"他说。

他弯腰碰了碰我的脸,他碰的是妈妈刚才碰过的地方。

"我是个屠夫,"他小声说,"我跟你是一伙儿的,相信我。"

我看向他身后,一个小个子女人站在他后面,头发乌黑、脸色苍白。而妈妈目不转睛地看着我,她用手捧着脸。接着,我目光落向那扇我不能出去的门,现在门大敞着。

"不!"我大叫。但是我已经离开了床,两脚着地,正被屠夫推着往前走。

"头巾!"那个女人说,"必须盖上头巾,免得他被吓坏了。"

屠夫用他的双手紧紧抓住了我,而那个女人走到了我前面。她的眼神和气息都冷冰冰的。我看向妈妈,可妈妈闭上了眼睛。

"站好了,小伙子。"那个女人说,"照我说的做,这样最好。"

她用头巾盖住了我的头,我眼前顿时一片漆黑,只有细小的光点透过头巾一闪一闪,像星星一样。

"我是马隆太太,"她说,"这是我第二次带你来到这个世界上,比利·迪恩。来吧,屠夫。"

我朝门走去的时候听见妈妈在哭。我抓住门框想往后退,可是妈妈拉开了我的手。我被屠夫往前推,终于走了出去,背后传来"咔哒"一声,门关上了。

我眼前一片黑,光点不见了。只听见"咔哒"又一声响,好像是另一扇门开了。光点又出现了。

我放弃了挣扎,任由自己就这么被人推着,越走越远,直到我被放在什么硬邦邦的东西上。

我看着眼前的黑暗和光点。

"让他歇一会儿,"屠夫说,"让他慢慢来,反正现在已经出来了。"

我感觉到他把手放在了我头上。

"一个孩子，"他轻声说，"一直在这布灵克波尼长大。"

"带我回去。"我轻轻地说。可是我声音又小又含混，没有人回答我。

我们等待着，谁都没有动。一种奇怪的宁静笼罩了一切。妈妈在我旁边，伸出胳膊搂着我。她还在轻轻地哭。远处传来鸟叫声、叮当声，还有吱嘎声。我睁大眼睛，想看看头巾外面的样子。然而，外面的一切对我来说还是一个谜。

屠夫开始吹口哨，像一只快活的鸟儿。

马隆太太叫他闭嘴。

"我可以把头巾拿走吗？"妈妈轻声问。

"不行。"我说。

"勇敢点。"屠夫说。

"拿掉吧。"马隆太太说。

我紧紧地闭上了眼睛。妈妈掀开了头巾，吻了吻我。

"睁开眼吧，"她说，"看看你一直生活的这个地方。"

我睁开眼。妈妈就在我眼前。有一束光落下来，照在我俩身上。她的脸色很白很白，眼角亮晶晶的，一滴珍珠般的眼泪正从她脸颊上慢慢滑落。

"很多地方都被摧毁了，但是这里幸免于难，"她说，"很多人被杀死了，但我们得救了。我们是不是很幸运，比利？"

我眼前是桌子和墙。一面墙上挂着蓝色的窗帘，窗帘后面透出一块苍白的、方形的光。我看见麦考弗雷先生站在房间中央，手撑在屁股上。他冲我挤了挤眼睛。马隆太太则在墙角靠墙站着，手里拿着一根手杖,用它戳着窗帘。

"好。"她说。

"带我回去。"我又小声说了一遍。

眼前的一切都开始旋转、摇摆和翻滚。

妈妈扶住我。她对我说"站起来",然后扶我站稳。她握住我的手,拉我走到窗帘边。

"把灯关上,麦考弗雷先生。"她说。

他照做了,房间里顿时暗了下来。她拉开窗帘,一片光涌了进来。

"看吧,儿子。"她说。

我不知道该怎么看。我不住地眨眼,眼泪突然喷涌出来。我瞥见了蓝蓝的天和白白的云,也瞥见了地上那些颜色更深、一块一块的东西。我一阵眩晕,要昏过去了,是妈妈稳稳地扶住了我。

"这,"她轻声说,"就是布灵克波尼。这是你一直生活的地方。你一直是一个秘密,被藏在布灵克波尼的中心。现在你总算出来了。"

我结巴起来。窗帘又被拉上了。我看见屠夫走回我的小房间门前,用一块又一块的木板把门封了起来。

"欢迎来到这个世界,小比利·迪恩。"他说。

他咧嘴笑了,晃了晃他的脑袋。

"要不要来几根香肠,"他说,"我敢肯定你吃点东西就舒服了。"

# 厨 房

在这个我即将了解也即将深深爱上的地方,我们坐在桌前。头顶上的光在我身上晃来晃去。屠夫放了几根香肠在盘子里,端到我面前。他塞给我一把刀和一把叉子,在香肠上挤了些HP牌沙司酱。

"使劲吃。"他说。

他蹲在我旁边,盯着我看,还用他的指尖轻轻地碰我。

"肉贩子,"马隆太太说,"你让他自己待会儿。"

可他还是待在我身边,一会用手指量量我的脚踝,一会又量量我的手腕。我发现,尽管我在爸爸身边已经显得比较高大,可是和眼前这个大块头男人相比,我还只是个小不点。

"瘦得像只小麻雀,"他说,"我们得把你喂壮,才能放你出去闯世界,比利小子。"

我拿起刀叉,想切一块香肠下来。可是我紧张得手抖个不停。

他大笑起来。

"你看是吧?"他说,"连香肠都切不动!"

他从我手中拿过刀,帮我切了香肠,蘸了点酱,叫我把舌头伸出来。我伸出舌头,他把一小块香肠放了上来。

"吃吧。"他说。

我嚼了嚼,咽了下去。

"怎么样?"他问。

"好、好吃。"我说。

"好极了。使劲吃。再蘸点那个HP酱。这些是我这里最好的香肠了,肉都是最好的猪身上的。至少是目前为止活过的猪里面最好的。"

他又拿了一杯橙汁到我面前。

"喝点这个。"他说。

他抬起杯子,我喝了起来。

"好小子。"他说。

他亲了我一口。我又闻见了他身上肉和血的味道。他用软软的大手揉了揉我的头。

"我来这儿这么多次,谁能想到你一直就在里面。压根儿一丁点儿都想不到。你认得出我的声音吗,比利?"

我认得。我记得他的声音从墙里传出来。我记得他叫着我妈妈的名字。我记得他的声音从叹息变成了歌唱。我以为这声音是我的梦,以为这声音就在墙里面,以为这声音来自我内心深处,以为这是爸爸的声音在回响。尽管妈妈告诉我这是谁的声音,我也不明白。直到现在,他就站在我面前。一个真实的男人,活在真实的世界里。这就是麦考弗雷先生,一个挂着亲切笑容的屠夫。

我发现我也对他笑了起来。我轻轻回答说,我记得他的声音。然后我接着吃喝。

"还有我。"马隆太太说。

我转头看向她。她还在一个阴暗的角落里靠墙站着。她用手里的手杖指着自己的脸。

"这张脸,"她说,"你认识这张脸吗,威廉·迪恩?"

她走近了几步。

"我在你睡觉的时候见过你,威廉。我跟你妈妈深夜的时候去看过你,看着你做梦。我低头看你的时候,你一边翻身,一边睁了一下眼睛。人睡觉的时候都会这样。所以你可能见过我,但你以为你在做梦。你对我有印象吗?"

她一走近,我就发起抖来。

"有印象吗,比利?"妈妈说,"告诉马隆太太,儿子。"

我又看看马隆太太。是的,我心里有一些她的印象。一些形象或者回忆。苍白的脸,冷冰冰的眼睛,乌黑的头发。

"我不、不知……"我说。

"想来你也不知道。"她用手杖戳了戳我的肩膀。她弯腰靠近我,冷冰冰的呼吸喷在了我脸上。"我不止这些年看着你,我从最开始的时候就陪在你身边了,威廉·迪恩。十三年前,你还是个脏兮兮的小东西,浑身是血,一个劲儿尖叫。末日那天,我也在你身边。"

她用手杖指指我的脸,然后在空中比划出一张脸的形状。

"看看现在的你,"她说,"威廉·迪恩重生了。威廉·迪恩长大了。你还有很多东西要了解,很多事情要做。我们有事情告诉你,有事情让你做。屠夫、你妈妈和我都是。布灵克波尼在等着你。别让我们失望。你会让我们失望吗?你说,马隆太太,我不会让你失望。"

我看看妈妈。她点了点头。

"不、不,马隆太、太太,"我说,"我不、不会……"

"好孩子,"她说,"我和屠夫现在就走了,你们好静一静。你们还得去习惯很多事情。"

她走到外面那扇门前,打开门。我看到外面的天空那么辽阔、那么湛蓝。我看到了破碎的布灵克波尼。我看到了世界上的许多东西,有的我认得,有的不认得。有些东西我还不知道叫什么,但是以后我就要知道,还能叫得很熟。我感到脑袋里的眩晕一阵又一阵。

"布灵克波尼。"我小声嘟囔着,"布灵克波尼。布灵克波尼。"

屠夫笑了起来。

"对,就叫这个名字,"他说,"虽然现在这里一团糟,充满恐惧和邪恶,但是这里也有很多奇迹,它们都等着你去发现呢,小比利·迪恩!"

他把我从椅子里扶起来,两只手把我搂进他宽大的胸膛。妈妈走到他身边,也被他搂进怀里。

"一个布灵克波尼出生的男孩!"他说,"啊,今天真是个好日子。"

然后他们两人离开了,妈妈"咔哒"一声关上了门。

"维罗妮卡,你可真走运啊,"她说,"有麦考弗雷先生和马隆太太这样的朋友,还有一个叫比利·迪恩的可爱儿子。"

# 布灵克波尼废墟

第二天清晨，我们一起站在窗边听鸟叫。光明重回大地，鸟儿的歌声也充满了喜悦。它们叽叽喳喳呱呱地叫着，发出各种可爱的声音。每天早晨它们都像这样唱着歌，开始歌唱时间。

"就算布灵克波尼成了这样，"她说，"成了这些废墟和垃圾堆，鸟儿还是会继续歌唱。"

她拉开窗帘。我已经更加习惯布灵克波尼了。她指给我看外面的东西，告诉我那些是什么。她告诉我那是一座破房子，那是一座木板房，那是一座漂亮小屋的残骸，那是一面塌了的墙，那里曾经有一座房子，这是杂草，那是草坪，那是一棵树，那是一条路，那有一个洞，那是阴燃火冒出来的烟，那是一处废墟，那里被破坏了，那里被击碎了，那里被摧毁了，布灵克波尼的这里那里都成了一片废墟，这里本应该修缮好了，这里本来应该是另一种样子，这真是太糟糕太糟糕了。

我试着把我看到的东西和她嘴里的词语对应起来。我感到布灵克波尼开始走进我的内心。这里的天空是如此炫目，辽阔得望不到边，外面的东西也多得让我头晕眼花。我看着微风从碎石堆中吹过，扬起一阵尘土，然后又吹过废墟中长出来的树的枝叶。

我听着这些东西的可爱名字，跟着妈妈一起念着，感觉着它们在我的舌尖起舞，在空气中流动，在我脑中歌唱。

我一遍一遍又一遍地说着布灵克波尼这个词。

"布灵克波尼！"她笑了，"这个词的意思是美丽的风景，而且我小的时候，这里的风景确实很美丽。"

"你小的时候？"

"对。我还是小女孩的时候，就像你是小男孩的时候一样。我小时候也是个怪孩子，差不多要赶上你了。"

她又对我笑了笑。

"不过现在还不是时候，"她说，"你以后会知道的，维罗妮卡小时候在希望和快乐中长大，那时候灾难还没到来。你以后也会知道灾难的事情，知道它是怎么发生的，造成了什么样的后果。"

最奇怪最神奇的要数窗外经过的活物，当然包括鸟儿。白色的海鸥在天空中盘旋、鸣叫。一群群鸽子拍打着翅膀经过。乌鸦在地上蹦来蹦去，对着碎石和尘土堆又是啄又是拽。还有麻雀、燕雀和一两只乌鸫。还有好几只狗、四处觅食的猫和乱窜的老鼠。

还有人，数量不多。他们在废墟里踉踉跄跄地走。妈妈说原来这里到处都是人，现在留下的很少了。他们是被抛弃的人，被世界抛弃了。他们深深爱着布灵克波尼，不舍得离开。他们没有勇气、意志和力量离开，或者他们想要留下来隐藏自己的耻辱和秘密。他们有的脑子不好使，有的胆怯、脆弱、孤独或者害臊，有些人的内心已经在五月五日那天被摧毁，像这布灵克波尼一样。

"五月五日？"我问。

"你不知道的太多了，你需要了解的太多了。我们很快就会告诉你。你看，那是个寻宝人。"

她把我拉到暗处。我们看到一个男人经过,他拿着一根棍子戳着地面。

"他在寻找地上的秘宝。"她说。

那个男人转头看向我们,妈妈又把我往后拉了拉。

"他们说这里有奇迹在等着人发掘,"她说,"但是我觉得他们已经错过了时机。现在碎石下面只有碎石,尘土下面还是尘土。见到那种人你要躲开,比利。"

"为什么?"我小声问。

"因为危险,比利。他们可能会认为你就是那个被藏起来的奇迹。虽然你确实是个奇迹,但是一旦他们发现你,就会想把我们分开,把你带走。"

她搂住我。

"你不想这样吧,比利?"

我摇摇头。

"不,妈妈。我不想。"

我们在窗帘的阴影里站了好久,看到其他一些人经过。

"那是布伦金索普先生,"她说,"他是个好人,不用躲着他。那是艾米丽·威廉,这个人我们一定得防着点,不能让她知道你。琼斯太太是个大好人,她是我一个老顾客,每个月都要做一次烫发。"

"烫发是什么,妈妈?"

"是理发师的一项重要工作。"

妈妈做了顿晚饭,有馅饼、香肠、牛奶和面包。

窗帘外面的光线渐渐暗了下来。

她凝视空中。

"比利,你现在觉得你有多勇敢了?"她温柔地问。

"不知道。应该足够勇敢了吧。"

"我觉得也是。我们到外面去吧。"

我身子一缩,发起抖来。

"来,我们出去吧,"她说,"现在天黑了,外面也没什么人。如果遇上人,你就扭过脸,假装你不存在。"

她给我披上了一件沉甸甸的外套,给我戴上一顶帽子。她打开门,我们抬腿迈了出去。

# 咯吱咯吱嘎啦咯吱

咯吱咯吱嘎啦咯吱。

咯吱咯吱嘎啦咯吱。

这是我们第一次在布灵克波尼的废墟中散步,我现在也听得见那时我们脚下的声音。

咯吱咯吱咯吱咯吱。

我感觉得到脚下的地面。尘土、碎石和沙子在我脚底下滑动。高高低低的石头和砖块,还有卵石碎片、断了的电线和木头块。我觉得我的腿又没劲又笨拙,我得抓着妈妈的手,才不会绊倒或者摔跤。

咯吱咯吱嘎啦咯吱。

我闭上眼睛,看见了我们俩的样子:一个困惑不安的女人,一个皮包骨头的小男孩,穿着一件比他大好多的外套,走在一个比他大好多的世界里。他的脑袋要被撑爆了,好像里面有好多翅膀在振动拍打。夜里刺骨的空气钻进他的肺里,弄得他气喘吁吁。这股陌生的、新鲜的空气刺痛了他的脸。

咯吱咯吱嘎啦咯吱。

我看到他们头顶的天空变得像火一样通红,继而变得像死亡一样漆黑。我听见海鸥在鸣叫,风儿在呼啸。不远处传来一声狗吠,远处传来了一声深深的叹息。呼哧呼哧的气息从我的喉咙里冒出来，穿过我的牙齿缝儿。脚底下传来咯吱咯吱嘎啦咯吱咯吱咯吱嘎啦嘎啦咯吱。

光变成了红色和金色。女人和小男孩在光下变成了剪影。他们走在满是碎片、坑坑洼洼的路上，穿过杂草和灌木丛，走过倒塌的房子、空荡荡的房子、空荡荡的商店、破败的餐馆和空地。这里有烟升起，到处散落着垃圾，杂草丛生。有一两个人兜兜转转，像是迷失的孤独的灵魂。男孩很快就累了，女人紧紧地拉着他。她对他轻声说话，让他慢点走，让他小心，让他勇敢，让他看这边看那边，让他躲着点，让他别过脸。她指东西给他看，从开裂的布灵克波尼大地到远处天边那闪闪发光的河水。她让他看布灵克波尼之外的那些黑漆漆的地方，告诉他这是田地那是沼泽那是山峰。她让他看远处的山下那些城市的灯光，告诉他那儿住了很多人。

她让他看向比城市更远的地方。能看到那死寂的平坦的黑色地平线吗？看到它比头顶的夜空还要黑？他看着，他使劲看着。他看得头晕眼花。世界怎么可能这么大？

她说那一片死寂、平静、漆黑的东西是大海。她问他能不能看见那束来回转动的光，一会儿转过来一会儿转过去一会儿又转过来一会儿又转过去？

他说他看到了，但是他不确定他真的看到了没有。

"那束转动的光照在那个岛上。"她说。

"圣岛？"

"对。"

"大师之作诞生的那个岛？"

"对，就是那个岛，比利。我们总有一天要到那儿去。那里不远。"

他纹丝不动地站着，一边看，一边想。他抬头看着一望无际的天空，已经有几颗星星开始闪烁。世界怎么能这么宽广？他怎么能这么渺小？他颤抖着，大口喘着气，觉得他要昏倒了。

"哦，可怜的比利，我们该回去了。"妈妈说。

可是他止不住听、止不住想、止不住看了又看。

在一片乌黑的云彩下，太阳露了最后一次脸，沉入了黑色的地平线，放出最后一片金黄色的光，把肩并肩的两个人照成了一片明亮的金黄。

天几乎黑透了，他们跌跌撞撞地走了回去，再次穿过碎石堆，咯吱咯吱嘎啦咯吱，再次穿过大门和荒废的花园，咯吱咯吱嘎啦咯吱。

她摸出钥匙，打开门锁。他们进了屋，进了厨房。她打开灯，拉上窗帘，把布灵克波尼的一切关在了外面。

"哦，比利，"她说，"在这么凄凉的环境长大该有多可怕。"

男孩紧紧地抓住桌子边缘。他闭上眼睛，心中涌出了布灵克波尼的样子。

"我太对不起你了，"她轻声说，"这里本来不是这样的。"

他转头看着她。

"这里很好，妈妈，"我嘟哝着说，"很美。"

他一整晚没睡着。他的肌肉酸疼，骨头刺痛。他的心因为这个世界的美和惊奇而扑通扑通跳个不停。

# 马隆太太的碎头发

嗒嗒。嗒嗒。

门上响起了手杖敲击的声音。

嗒嗒。嗒嗒。

"什么声音?"妈妈悄悄说。

又想起一阵嗒嗒声,然后门外传来一个人的声音。

"维罗妮卡!维罗妮卡!"

妈妈走过去开门,稍微鞠了一躬。

"我们给你留的时间够长了,"马隆太太说,"你怎么样,威廉?"

"说我很好,谢谢马隆太太。"妈妈说。

"很、很好,谢、谢谢……"

"有礼貌的孩子,"马隆太太说,"他给你脸上长光,维罗妮卡。我有几缕碎头发,"她摸摸头发,"你看见了吗?得修一下。我可以坐在这儿吗。"

她坐在一张厨房椅上,面朝我,把手杖挂在了椅背上。妈妈在她肩上披了一条毛巾。

"好了,威廉。我等了你这么久,是因为觉得你肩负着某种使命。你自己意识得到吗?"

"没、没……"

"这也难免。我觉得我这头发马上又该染了,维罗妮卡。"

"好的,马隆太太。"

"下次再说吧。昨天晚上我看见你出门走动了,我很欣慰。老是躲在窗帘后面对你没什么好处。你得工作,维罗妮卡。你的顾客等着你呢。这个男孩也要有人培养。"

"是的,马隆太太。"

"威廉,你为什么不把窗帘全都拉开呢?"

我看看妈妈。她点点头,于是我把窗帘拉开。

"谢谢,"马隆太太说,"这样好多了。这样你能看清我,我也能看清你了,你妈妈也能看清楚她手里的活儿了。"

妈妈小心翼翼地梳理着马隆太太的头发。

"他现在都知道了吗?"马隆太太问。

我看到妈妈想回答,但是不知道怎么说。

"他不知道,是吗?"马隆太太说,"重要的事情他都不知道。"

妈妈只是继续梳头。

"不知道。"她低声说。

"威廉,"马隆太太说,"你妈妈说你看到墙上有人脸,是不是?"

我说不出话。

"你不用紧张。你把这事告诉了你妈妈,你必须克服它。痛快点。你看到墙上有人脸了吗?"

妈妈冲我瞪了瞪眼。

"看、看到了。"我回答。

"你认识那些是谁的脸吗?"

"不认识。"

"不是你妈妈、你爸爸、你自己或者麦考弗雷先生和马隆太太的脸?"

"不是。"

"好极了。我觉得你可以再把刘海剪短点,维罗妮卡。再短一点。"

"好的,马隆太太。"

"很好。你妈妈的手艺很好,比利。那你知不知道,你为什么看到墙上有陌生人的脸?"

"我不、不知道,马隆太太。"

"你不知道也正常。那些真正有天赋的人,既不知道他们的天赋从哪儿来,也不知道这些天赋有什么意义。那些墙里和影子里的人脸跟你说话了没有?"

我不知道怎么回答。我不知道该怎么拼凑词语,告诉她我听见了呼吸声、近处的低语和像是从远方传来的呼唤。然后我的内心深处会升起一些词语,从我嘴里冒出来,从我舌尖上蹦出来。

她看着我努力想说话的样子。

"我不知、知道,"我说,"很难、难懂……"

"很难懂就对了,而且还很难破译。这很正常。现在你告诉我,你死了以后会怎么样?"

她的黑眼珠一动不动地盯着我。

"你没想过吗?"她问,"你死了以后会怎么样?"

"说吧，比利。"妈妈轻轻地说。

"我们上天、天堂，或者……"

"或者怎么样？"马隆太太说，"说。我们得治治他那个结巴，维罗妮卡。"

"好的，马隆太太。"

"或者怎样，威廉？"马隆太太问。

"天堂或者地、地狱，"我回答，"还有炼、炼狱或、或者……"

"或者地狱边缘。都是老一套，胡说八道。哈！没别的了？"

"我们会烂、烂掉，像死、死鸟和死老、老鼠一样。"

"你有发胶吗，维罗妮卡？对，那种薰衣草的就很好。喷在这儿。风一吹发型就都乱了。还会沾土！威廉，关于人死后身体会变成什么样，你说得很对。我很高兴你是个聪明孩子。"

"说谢谢马隆太太。"妈妈说。

"谢、谢谢马隆太太。"

"你觉得布灵克波尼怎么样，威廉·迪恩？"

我们都朝窗外看去。

"我觉得，"我说道，感觉自己呼吸加速，嗓音升高了，"我觉、觉得它、它很美。"

她拍了拍手。

"你知道吗？我很高兴能听你这么说。虽然你的话听起来是一堆胡言乱语，而且很少有人会同意你，不过我觉得这是一个证据，说明你能看到事物表面之下的东西。你剪得真好看，维罗妮卡。谢谢你，亲爱的。布灵克波尼曾经是一个美丽的地方，虽然现在它被摧毁了，但它将来会恢复成天堂。你知道吗？"

"不知道，马、马隆太太。"

"遭到破坏的一切都会被修复。所有东西都会从这些尘土里复生。所有东西都会被治愈。你相信吗？"

"我不、不知……"

"你不知道就对了，威廉。你怎么可能知道呢？维罗妮卡，我很渴，如果不会太麻烦你的话，能帮我拿杯水吗。"

妈妈又鞠了一小躬，朝水槽走去。马隆太太抚了抚她的头发，眼睛一直看着我。妈妈递给她一杯水。她喝了一小口，然后用手腕轻轻擦了擦嘴。

"威廉，"她说，"你知道我为什么要保守你的秘密吗？屠夫也是？你说，不知道，马隆太太。因为你不可能知道。"

"不知道，马隆太太。"

"不知道。这就对了。我这么做是为了你妈妈，比利·迪恩。我是为了保护她。她是个天使般的好人，但是被人利用了。你明白吗？你不明白。"

她又喝了一小口水。

"我这么做，还因为你是个好男孩，我要保护你不受邪恶世界的伤害。生在邪恶世界里的一个好男孩可能会有特异功能。你肯定不知道，也听不懂，但是你得听我们的话，让我们引导你。你还是个小孩，所以你可以开心地玩。你没必要躲躲藏藏。这个地方被人们遗忘了，很少会有人注意到你。但还有些人会伤害你。如果有人问，你就说是麦考弗雷先生和马隆太太在照看你。知道吗？"

"我知道了,马、马隆太太。"

"很好。你这么一说他们就会闭嘴了。这次你给我剪的头发真好看,亲爱的。"

"谢谢你,马隆太太。"妈妈说。

"不客气。亲爱的,我刚才也说了,还有客人在等你呢。我觉得你该去招待他们了。"

"现在?"妈妈说。

"那当然。就是现在。我上次见着诺林·布莱尔,她看起来邋邋遢遢。一点儿都不像她,是不是?"

"不像她,马隆太太。"

"对吧。别担心,我会照顾这孩子的。"

我心头一沉,大口大口喘起气来。妈妈轻轻地发出了一声老鼠般的惊叫。她眼里泛起了泪水。

"你这是干什么?"马隆太太说,"我理解你,但他又不是小婴儿了,不需要整天黏着你吃奶。我会带他出去走走,多给他讲点儿他出生的这个仙境。有些事情我们该给他解释解释了。你觉得呢,维罗妮卡?"

"解释什么?"

"解释为什么他被藏了起来。你也想知道吧,威廉?"

我盯着妈妈,妈妈也盯着我。

"这也是为了你妈妈好,"马隆太太说,"说'我想知道,马隆太太'。"

"我、我想,马、马隆……"

"马隆太太。好极了。你有外套吗?外面空气挺新鲜的,你还不习惯外面的空气,是不是?"

妈妈又给我披上那件大很多的外套,把那顶羊毛帽子戴在我头顶上。她紧紧地抱住了我。

"诺林·布莱尔,"马隆太太说,"还有多罗西·威金森都等着你招呼呢。"

"好的,马隆太太。"

"你不用担心。不等你发现他走了,我就会把他带回来。这样对我们都好。"

她把手杖从椅背上拿了下来,打开门,带我走了出去。

# 和马隆太太在废墟里散步

马隆太太不拉我的手。她走路的时候,手杖一下一下地敲在地上。她的身子摇摇晃晃,但是脚下稳当。

"抬起头来,"她说,"你要表现得你很骄傲,你终于到外面这个世界来了。你觉得骄傲吗?"

"我不、不……"

"你肯定很骄傲。跟上了!"

我努力想跟上她,但我老是被绊倒。我老是回头看我的家。

"你能别回头看了吗?"她说。

"好、好,马、马……"

"你这个结巴也得改。"

"好、好,马、马……"

马隆太太喷了一下舌,继续往前走,我跟上去,咯吱咯吱嘎啦咯吱。

她停下来看着我。

"你妈妈,"她说,"在很多方面还只是个小女孩。你看出来了吗?你看不出来,所以你得听我告诉你。"

她带着我走过碎石堆,咯吱咯吱,跌跌撞撞,磕磕碰碰,咔咔嗒嗒,咯吱咯吱。

然后她停了下来。我们停在一块开阔的空地上,有一条很久以前的路的痕迹从这里穿过。和别处一样，这里也堆满了石头，积满了尘土。

"好，"她说，"你站着别动，仔细听我说。这里原来是圣帕特里克大教堂。你肯定不知道那是什么。这里原来有一座很大的石头建筑，它是一座教堂，献给所谓的全能的上帝。其实这里曾经是你爸爸的教堂。"

"我、我——"

"对，你爸爸。神父威弗雷，混蛋威弗雷。这也是你妈妈被发现的地方。你知道这事吗？你脸上写着不知道。你妈妈被装在一个盒子里，丢在教堂门口。那时她才几天大。不知道是哪里的妓女生的孩子，这就是你妈妈的全部身世。"

她在空中挥了挥她的手杖。

"你想象一下，你身边是座石头建筑，已经有几百年的历史了。想象得出来吗？你肯定想象不到，不过也无妨。反正是个愚蠢的地方，充满了愚蠢的谎言。"

她踢飞了一块碎石，又用手杖戳着那块石头。

"哈！你看全能的幻觉就这么破灭了，尘归尘，土归土。"

我也踢了一脚土堆，看尘土扬起。我听见了它们悦耳的声音，沙沙啪啪。

"这里是废墟的中心之一，威廉。"她说。

她紧紧抿着嘴看着我。

"你不知道吧？"她说。

"知道什、什么？"

"五月五日——你出生那天的故事。"

"不、不知道。"

她又踢了一脚石头。

"该死的,"她说,"简直就像在写该死的《创世记》。虽然你不懂,我还是会告诉你,什么是炸弹,什么是教堂,什么是女儿,什么是末日?你一丁点儿都不懂,你怎么可能懂?不过没关系,我会告诉你。"

我用脚搓着土。我想冲回家去,但是我不敢动。

"只不过是一两句话的事儿。我现在就告诉你,你竖起耳朵来听,好不好?"

她用手杖戳了戳我。

"好不好?"她问。

"好。"我回答。

"是'好,马隆太太'!"

"好,马隆太太。"

"很好。你坐到那块大石头上去,我坐这块。现在你竖起耳朵、动起脑子听好了。我只说一遍。"

# 末日的故事

"事情是这样的。那是个阳光明媚的星期天。我在你那间小屋里，你妈妈躺在床上，正在忍受生育的痛苦。我已经陪了她一整晚，像一个好朋友和好护士该做的那样。最后你终于出生了，浑身是血，滑溜溜湿漉漉亮晶晶的。你从你妈妈肚子里钻出来的时候，别提哭得多响了。是个男孩！我大叫。是个漂亮的男宝宝！"

她用手杖戳了戳我。

"这就是你，"她说，"一个名叫威廉·迪恩的小男孩。那是你第一次降生到这个世界上。哇哇！你哭着。哇哇哇！那会儿我还笑得出来，威廉。我那时还能微笑能大笑能跳舞。我把你的脐带剪断，把你送到你妈妈怀里吃奶，然后绕着你的床开始跳舞，我手上还沾着你神圣的血。想象一下，我像那样又唱又跳的。你能想象吗？"

"我不——"

"你当然想象不出来了。你看看你眼前这个充满怨恨的老太婆，瘸着一条腿，拄着一根拐杖。可是那天呢？我大喊大叫，是个男孩！男孩！可爱的小男孩！哦耶！哈哈！你那时候真可爱。现在我还是能从你身上看到那个可爱小婴儿的影子。"

她朝我伸出手，用手捧住我的脸。

"我看得出你长得像你英俊的爸爸。你可能想问，你出生的时候你爸爸去哪儿了？他在他的教堂里，念他的祷词布他的道唱他的赞歌，让面包变成肉，让葡萄酒变成血。哦，你爸爸真是创造得一手好奇迹！你觉得呢？你爸爸是不是奇迹的创造者？"

"我不知道，马隆太太。"

"你不知道就对了。你听好，你才是奇迹，你才是真正的血和肉。但是你爸爸不够勇敢，不能在那里照顾你。你是他该死的小秘密。想想吧。这算什么爸爸？你爸爸是个懦夫，不敢承认有你这么个儿子，你知道吗，威廉·迪恩？他又威严又慈悲，可你知道他是这样的人吗，威廉·迪恩？如果你有个儿子，你会像他那样吗，威廉·迪恩？"

她又用手杖戳了戳我。

"你会吗？"她问。

"我不知道马隆太太。"

"答案是你他妈的不会！"

她叹了口气。

"说实话，不只你爸爸，连我也是个懦夫。不过他才是最大的恶人。他是故事里的大灰狼。你妈妈不是，她只不过是被人引上了歧途。你就更不是了。那一天的那个时刻，只有你这个血淋淋、嗷嗷大哭的小婴儿才是真正无辜的。可你以为你是一直无辜的吗？"

"我不——"

她又叹了口气。

"你不知道，但是我必须告诉你，在这个眼泪谷里，没有什么人一直都是无辜的。"

她呻吟起来，挪了挪屁股。

"哦哦，"她说，"啊啊啊！那天的伤痛还在我心里燃烧，除非我死了才能停下来。这可不是两句话能说完的。"

"两句话？"我问。

"我之前说我用一两句话就能讲完这个故事。我错了。所以你继续听我讲，好吗？"

"好的，马隆太太。"

"好，好孩子。"

她停下来，陷入了沉思。

"你得知道，"她说，"如果不管你身边发生的其他事情，你的故事只不过是一场惨兮兮的老生常谈，一个坏神父，一个弱女孩，一个秘密的小婴儿。关于罪过、痛苦、懦弱之类这样那样无聊的东西。但是那些炸弹和引爆炸弹的人让一切都变得不一样了。"

她用手杖戳着地面。

"你不懂什么是炸弹，但是你很快就会明白了。你出生在一个战争年代，威廉·迪恩。你出生之前，战争还远在海那头、在山那边、在神秘的都市、在遥远的田野，在很远很远的地方。我们住在这个小小的布灵克波尼，没人知道真正的战争是什么，直到那个阳光明媚的星期天早晨，战争一下子就深入了布灵克波尼的心脏。只不过是三个愚蠢的疯子和三辆小卡车，就把战争带来了。卡车上装着满满的炸弹。他们把第一辆车停在教堂门口，第二辆停进布灵克波尼广场，第三辆停在布灵克波尼大街。然后他们下了卡车，在城里乱逛。他们每个人的肚子和背上绑满了炸弹。他们只逛了短短几分钟，卡车上的炸弹就开始爆炸了。嘭嘭的该死的炸弹爆炸了，嘭嘭嘭！圣帕特里克的大门一下子就倒了，一个叫伊登豪斯的地方也倒了。灾难降临了布灵克波尼广场，灾难笼罩了布灵克波尼大街。墙倒了，房顶塌了，玻璃碎了。地上被开出一个个大洞，大火很快蔓延开来，喷射出一阵阵黑烟，布灵克波尼的空气立刻被污染了。而且这只不过是个开头，第一波爆炸只不过是一个信号。那三个狡猾的家伙收到信号就准备献身，他们按下按钮，引爆了背上的炸弹，炸飞了他们自己，也把更多人和东西炸成了灰。"

她顿了顿，望着空荡荡的空气。

"哈！他们说他们把自己送上了天堂，把我们推下了地狱。哈！想想看，他们觉得炸弹能做到这种事。明明他们的行径只不过是杀戮、炸飞东西、杀戮、杀戮、制造该死的混乱、制造更大的该死的混乱，而且这混乱自那以后就没有平息。这帮该死的傻瓜！我在你床边跳舞的时候，突然听见了卡车爆炸声，紧接着爆炸的冲击袭来。我停了下来，整栋房子都在摇晃。离我们稍远的那堵墙轰然倒塌。天花板响了起来，裂开了好几条大口子。墙也在震动。我给你们母子俩盖了条毯子，跑到厨房的窗户旁。我看到外面的建筑倒塌了，看到黑烟和火焰，听到了人们的尖叫。当然，一切都已经晚了。对于那天丧命的布灵克波尼人来说，一切都已经晚了。对于布灵克波尼人来说一切都晚了，他们要不死在战争的开始，要不死在战争的结束。"

她又用手杖戳了戳地。

"看,"她说,"好多石头上都留下了烧焦的痕迹。你还能看出来那些东西混在一起。灰烬混在碎石里,骨头混在弹片里,鲜血混在尘土里。这里已经分不清尖叫和寂静。已经分不清什么地狱和天堂。分不清逝者的灵魂和幸存者的灵魂。这里到处都是死亡,威廉·迪恩。你最好趁刚来这里的时候了解这里的过去。"

她扬起地上的土。

"他们为什么选了这儿?布灵克波尼只是个普通又和平的小镇,为什么要选这里?结果到最后他们也没告诉我们答案。我猜他们就是要挑普通的小人物、普通的小家庭下手。我猜他们觉得这样做才能刺痛人心。那天,他们摧毁了很多地方的很多人的内心。也许他们达成了一部分目的。但是他们漏掉了布灵克波尼的心脏,威廉,因为他们漏掉了小小的你。"

她继续戳弄着地面,扬起一阵阵尘土。我看到了尘土和碎石,也看到了甲虫、蜘蛛和尘土里生长的杂草、鲜花。我看到了那些几乎看不见的东西,那些东西太过于细小,要成千上万的数量才能填满比利·迪恩的手掌心。那些东西有的是白色,有的是黑色,有的是棕色,它们是活的,它们在动,很小很小的植物冒出了第一簇绿芽。我弯腰朝它们伸出手,用我的指尖触碰了一片小小的花瓣,它是那么的柔软可爱。哦,一只甲虫爬上了我的手掌,一只又一只又一只,还有一只小蜘蛛。这些小生物爬过我的皮肤,弄得我手上痒痒的。我看见活着的生物爬在那些死去的石头上。我看见活着的植物冒出了死去的土壤。我看见草坪爬满了石头表面,看见了亮绿色的青苔。我看得出了神。

马隆太太站在我头顶，靠在手杖上，用她冷冰冰地眼睛看着我。

我继续盯着地面，我发现地上伸出一个东西，好像在指着我。我伸手碰了碰，用手指捏起来，发现这也是一根手指头，弯曲着从土里伸出来。我把它从缠住它的根须里拉出来。它很光滑很白。我的手指拿着这根手指，我看出它和我的手指一样细一样长，但是它不能弯不能动，而我能。它是石头做的。

"你在那儿做什么呢，威廉？"马隆太太说。

她看见了我手里的东西。

"哈！"她说，"看——这里还有一整只手呢。"

我看见了。一只小手，不比我的大，手掌向上平摊着，像是伸手向我索要什么，又像是要给予我什么。我站起来，伸手从碎石中捡起这只小手。我拍掉上面的根须、尘土和脏东西，终于看出它是多么光滑、多么冰冷、多么可爱。

"到处都是该死的残骸，"马隆太太说，"把它们放进口袋，威廉。它们会提醒你这里的过去，它们代表着世界的不堪一击，代表着人类的邪恶与幻想。哦，看啊，又是个奇怪东西！"

我又弯下身，这回是一整只脚，上面画着一只凉鞋。

"你想拿的话就把它也拿上，"马隆太太说，"真是奇怪，人造的愚蠢东西竟然会活得比人还长。真正的血肉之躯早就没了，谢天谢地他们没了。过来。哦，我告诉你，我真的很喜欢把这块地方咯吱咯吱地踩在脚底下，你应该也是这样吧。"

她又走了起来，咯吱咯吱啪嗒啪嗒咯吱咯吱。

"你是不是也这样?"她说,"说'是的,马隆太太'就行了。"

"是的,马、马——"

"很好。"

我把捡到的手指、手和脚放在口袋里,紧紧握住它们。

她走得更快了,说话也更快了。我跌跌撞撞地跟上她。

"你是不是觉得这样就完了?"她问。

我盯着她看,而她怒火满面地瞪着我。

"什、什么完了?"我问。

"我说的当然是这些灾难!建筑塌了,人死了,大地着火了。你觉得这他妈已经够受的了,是不是?"

"是、是——"

"然而这还不算完了!我还没告诉你故事的结尾呢,我现在就告诉你,你他妈好好听着,行不行?"

"行。"

她叹了口气,身子有点缩了起来。然后她深深吸了一口气。

"那三个疯子里面的第三个人,"她说,"他等待了一会儿,威廉。他没按下自己的开关,而是继续乱逛。他走到了布灵克波尼公园。他在那儿等了一会儿。他听见身后炸弹爆炸的声音。咔嚓!咔嚓!咔嚓!他看见了黑烟和大火,听见了人们的尖叫,爆炸的冲击也扫到了他脸上。但是他还在等,也可能他犹豫了。你觉得他是不是犹豫了,威廉?"

"我不知道。"

"你怎么可能知道。反正他肯定是等了一会儿,他等的时间够长，等到了我来到公园。我丢下新生的婴儿，一从房间里出来就朝着公园跑。我一边狂奔一边尖叫。而他等得时间足够长，等得马隆太太不顾发生在布灵克波尼的杀戮，跑到了公园大门口。我又喊又叫地寻找我的女儿。我看到我的女儿在一群孩子中间，在秋千、滑梯和跷跷板之间慌张地逃窜。我看到一些和我一样的孩子父母朝公园里冲去。我喊着女儿的名字，黛西！她也喊我，妈妈！可能是这些呼喊声最终惊动了那个袭击者。也许是这些充满了爱、恐惧和失落的声音触动了他。除了这些，还有他内心深处那些该死的愚蠢的天堂梦，那个从人们一出生就把人引向死亡的梦想。于是嘣的一声！他终于爆炸了。响得不得了的一声嘣！该死的咔嘣咔嘣！他被炸飞了，他附近的孩子也是，正在跑过去的父母也是。我摔倒了花园门口，被炸弹的金属残片射中，而我女儿的血溅了我一脸。哈！哈！够了！"

她飞快地往前走。我大口大口地喘着气。

"我们还得照顾你！"她说。

"是、是的，马隆太太。"

她停了下来，用手杖使劲捅着地面。

"我才是那个变残疾的人！我才是那个需要拼命打起精神的人！是不是？是不是？说'是，马隆太太'！"

"是，马隆太太。"

"是，马隆太太！我有个女儿，她和你一样是个孩子，是不是？说'是，马隆太太'！"

"是，马隆太太。"

"我本来应该照顾她的时候,我却在照顾刚出生的你。是不是?说是——"

"是,马隆太太。"

"是!够了!接着走!"

我们一言不发地继续朝前走,只听得到脚下的咯吱咯吱嘎啦咯吱。然后她又停了下来。

"你识字吗?认识 ABC,或者 XYZ 吗?"

"认、认识一点儿。"

"认识一点儿!要是你想和死者打交道,识字很重要。举个例子,这是什么?"

她用手杖在空中比画。我一点儿都没看懂她在干什么。

"你压根儿没看懂是不是,"她说,"我再写慢点儿。你看着!"

她又挥了挥手杖,这次慢些了。

"怎么样?"她问。

我没说话,我不知道答案。

"你他妈的不知道是不是?"她说,"你爸爸是个混蛋,但是他很聪明!他的脑子你继承到哪儿去了?"

"我不——"

"够了!我们换种方法。"

她弯下腰,用手杖在尘土堆里画出了几个符号。我一边看着符号,一边寻找土里有没有其他的手指或者手。

"怎么样?"她问。

我从那些符号里挑出我认识的。

"A。"我说。

"好,这回可以了。那这个呢?"

"X。"我说。

"很好。今天我就不问你更复杂的了,我不想让自己更失望。你看——又是一块愚蠢的残骸。"

我高兴坏了,因为那是一块翅膀上掉下来的石头羽毛。我把它捡起来。她俯身过来,从我手中拿走了石头羽毛。她笑了,那笑声听起来不像在笑,而是像咆哮和号哭。她继续往前走。除了蜘蛛和野草,我没在碎石堆里发现其他东西,于是我跟了上去。

"这个又是什么?"她转过身问我。

她用那块小翅膀在空中画了一个大大的圈。

我盯着看。

"这是什么?"她厉声又问了一遍。

"是O。"我说。

"答对了!"她说,"O,O是世界的形状,是人头的形状,是张大了嘴号哭的形状!"

她把羽毛握在手掌里,注视着它。

"哦,我的女儿,"她轻声说,"哦!"

她猛地把羽毛丢在地上。

我捡起羽毛。

"哦——!"她说,"把嘴张成O形,发出声来,威廉。哦——!"

"哦——!"我说。

"这样有个屁用!"她说,"你叫得不够可怕,不够绝望!再叫一遍!叫得痛苦点儿,小伙子!哦哦哦哦哦——!"

她突然停了下来,把一根手指放到嘴边。

"嘘,"她小声说,"你听!赶紧过来!"

# 美丽的破坏机器

她穿过碎石堆,来到一座破败的房屋前。我们穿过被炸坏的房门,上了几层台阶,进入一个破房间。房间里有个大窗户,已经碎了,只剩下破破烂烂的石头窗框。我们跨过窗框,走上摇摇晃晃的金属阳台,脚下是碎石和尘土。

她拖着我跟她走。

我们的重量让阳台摇晃了起来。

她拉着我的胳膊,指给我看比布灵克波尼的边境还远的地方,比城市里的塔还要远。她指向了遥远的大海。

"看到了吗?"她问。

"看什么,马隆太太?"

"那儿,威廉。睁大眼,仔细看。天边那个黑色的尖尖的东西。看到了吗?快看,不然它们就走了。"

我眯着眼,看着海面上那片天空。是的,我看到它们了。一群长着翅膀的黑东西,飞翔在湛蓝的天空里。

"你听。"她说。

我努力去听,听到它们发出的低沉的嗡嗡声从远方传来。这声音很小,很难一下子听见。可是一旦你听见,它就会在你心中轻轻地、沉沉地回响,听起来就像血液的流淌、心脏的跳动和呼吸的流动。

"它们走了。"黑东西消失后马隆太太说道,"你看见它们身上的太阳光了吗?你看见它们比大海的影子还黑了吗?你觉得它们美吗?"

我点点头。

"是的,我觉得挺美,马隆太太。"

"的确,"她说,"他们是美丽的黑色的破坏机器。"

她跺了跺脚,阳台抖了一抖。她挥起手杖指了指下面的废墟。

"他们说他们要重建这一切,威廉。他们说他们会让布灵克波尼和千千万万个其他的布灵克波尼恢复美貌。有一阵子布灵克波尼出了名。他们说,我们会告诉世界,我们不会被战争打倒。我们会重建这里。他们真傻!我们也真傻!他们开始清理废墟,开始重建倒塌的建筑,开始重建新的高塔。"

她用手杖来回指着下面的荒地。

"你看,那是座建了一半的建筑,那还有一个。你看看,这些半成品的建筑也变成废墟了。你看看他们带来的那些机器。那些起重机早就倒了。推土机被丢进垃圾堆,慢慢地发霉。他们说他们顾不上布灵克波尼这样的地方了。这里的人应该离开,到新的地方去生活。他们说,离开废墟吧。你们想得太美了!开始新生活!自己照顾自己!你们不知道现在有太多危险都不可避免吗?你们不知道现在是该死的战争时期吗?我们没那么多钱帮你们修建了。然后他们开始制造和保养更多更多战争机器,让它们去完成自己的任务。他们开始在全世界制造出更多布灵克波尼,像这里一样。世界的喧嚣也变成了轰、梆、咔嘣作响的炸弹,破碎的大地上到处行走着亡者的灵魂。"

她的声音一股脑儿地灌进我的耳朵。我来回注视着下面这片土地。我惊呆了，因为这距离，因为事物的大小，因为空间、光，还因为吹过我脸上的冷空气。阳台在摇晃。

"看那里。"马隆太太说。

她指给我看城市的方向，有烟从城里的什么地方升了起来。

"这里炸一点儿那里炸一点儿，"她说，"有些地方炸碎了，有些地方着火了。有的人受伤了，有的人死了。这些都是谁干的，威廉？"

"我不知道，马隆太太。"

"我也不知道。谁他妈干的都无所谓。我们应该让那些机器飞到我们头上，把我们都炸死。这样更快更简单，这样我们就能快点面对我们早晚要面对的，快点完蛋。是不是？是不是？说'是。马隆太太'。"

"是，马隆太太。"

"你看得见它们吗？"

"看见谁？"

"灵魂，威廉。你看没见它们在支离破碎的大地上到处行走？"

"我没……"

"你没看见，你会看见的。我对你充满信心，威廉。我坚信你有某种特异功能。你的特异功能会带你走到死者之中。过来，我们接着走。"

我们穿过窗框走回屋，下了楼。

"这里原来住着一个医生，"她说，"医生是专门给人治病的人。他在五月五日那天也被炸飞了。过来。我们出去。这是个什么世界啊。"

嗒嗒。咔咔。

她把我带回家，妈妈飞奔出门。她大大张开双臂，眼里冒出怒火。

"你以为会怎么样？"她说，"你以为你再也见不到你儿子了？"

"哦，没有，马隆太太，"妈妈说，"哦，对不起，马隆太太。"

"很好。他只要和我在一起，就是安全的。那些孤独的灵魂也需要他。该带他到生与死的边界去了。"

# 耶稣和天使的碎片

我在土里捡到的是耶稣。厨房窗户外面的天燃烧着红黑色,我们坐在桌边,喝热巧克力,吃面包和果酱。我安然无恙地靠在她身上,向她倾诉了我的孤独和害怕。然后我把我捡到的手指、手、脚和羽毛拿给她看。

她举起这些东西,在摇晃的灯光下看着。

"不可能。"她紧张地轻声说。

"什么不可能,妈妈?"

"你在哪儿找到的,比利?"

"在石头堆和土堆里,马隆太太说那儿原来是圣帕特里克教堂。"

"她连这个也告诉你了?"

"嗯,妈妈。"

"她还告诉你什么了?"

"她还说那是你被发现的地方。她说你在你还是婴儿的时候被人丢弃在那里了。"

"连这也说了,"她轻声说,"她说的倒是真的。"

她把那只粉红色的小脚拿在手中。

"这是耶稣,比利。这是婴儿耶稣的碎片,而这个是他的天使的碎片。他们来自很久很久以前的过去。你没找到其他的了吗?"

"不知道，妈妈。"

"我以前每个星期天都能见到他，"她说，"那时我是个小女孩。他就在上面，在教堂墙上的架子上，低头朝我微笑。我只是觉得他很可爱，他直勾勾地看着我的内心深处，我以为他会一直保护我的安全。"

她抚摸着它们，抚摸着这些宝贵的东西。

"天使在他头上飞，"她说，"挂在天花板上。你能想象出来吗，比利？"

我当然不能，但是我说我能。

"我们以后说不定能找到更多碎片，"她说，"说不定我们能找齐所有碎片，然后把耶稣重新拼起来。把天使的碎片也找齐，把它们都拼起来。"

"嗯，妈妈。可能吧。嗯。"

她把碎片放在桌上，一边微笑一边抚摸它们。她掉了几滴眼泪，然后我们继续吃面包和果酱。

"也许耶稣在等一个像你这样的孩子。现在比利·迪恩来了，他就从尘土里现身了。"

没过多久，她就哄我上床了。她亲亲我的脸，拉起毛毯，盖住我的脖子。

"我们会找到的，"她说，"我们把它重新拼起来。马隆太太还说什么了？"

"她说了我出生那天的事，那些爆炸、摧毁和死亡。还说了她的女儿。"

"是吗，比利？"

"嗯。"

我们沉默了一小会儿。

"为什么我浑身是血，妈妈？"

这个问题让她大吃一惊。

"哦，比利，你什么时候浑身是血了？"

"我出生的时候。"

她笑了，又亲了我一口。

"人出生的时候都是那样，每个人都是。那天你身上的血是我的血。"

她紧紧地抱住了我，然后松开，对我说晚安。

我把捡来的手指、手、脚和羽毛放在床边的桌子上。

随着笼罩布灵克波尼的天空从红黑色渐渐变暗，我也渐渐进入了梦乡。

我的脑袋像震颤的大地，有无数东西生长、爬行和移动。

我的身体则像古老的残骸躺在布灵克波尼的大地里，等待着被人发现。

我睡了不到一两个小时，妈妈就又坐到了我床边。

"还有更多故事呢，"她轻轻说，"多的去了。我现在就告诉你，这样我们就能继续前进了。"

我半睡半醒地躺着，听着她把我的故事灌进我的耳朵里。

# 我出生后的故事

末日那天，屋外传来轰隆隆的爆炸声，而我带着妈妈的血出生了。马隆太太跑去找她的女儿，却眼睁睁看着她死掉。妈妈躺在床上，身上盖着毛毯，天花板在开裂，墙壁在震动，尘土不断地落下来。

她紧紧地抱着我。

好像世界末日对她来说根本无足轻重。

我似乎也一点儿都不害怕，只是一个劲儿吮吸着妈妈的乳汁。

没有人来，也没发生更多爆炸。一团团烟雾和灰尘漂浮在窗外的天空上。房间还在开裂和摇晃，但是没有塌。远处传来尖叫、呻吟、爆裂声和吼叫。

她把我放开了一小会儿。她爬到门边，看着窗外。她看见了地狱，于是她赶紧回到了我身边，喝了一小口水，啃着马隆太太留下来的饼干。

这一天过去了。她以为马隆太太也被炸飞了，她以为我爸爸也不在了。她以为除了我们俩，其他人都丧命了。这一天过去了，头顶的天空开始变暗，而小婴儿只是不停地吸着奶水。

妈妈试着唱歌，唱着世间万物明亮又美好，唱着无数生物有大又有小。但是她挡不住外面的声音，哭声、哀号和明亮、美丽的歌一起飘进我耳朵里。她挡不住愤怒的叹息和呻吟在屋内回响。她没法控制自己的恐惧，这恐惧和她甘甜的乳汁一起流进了我的体内。这真不是个婴儿诞生的好日子。

黑暗又一次降临，她听到了钥匙在锁眼里转动的声音。神父威弗雷终于来了。他的头上和一只手上包着绷带，身上到处是瘀伤和撕裂伤。

妈妈哭着向他伸出手，她如释重负地喊着，庆幸他的存活，关心他的伤势。

"这些伤也是上帝的保佑，"他告诉她，"和伟大的圣人们比起来，我承受的根本不算什么。"

他站在门口，双手颤抖着点了一根黑色的香烟。

"看来你也活下来了？"他说。

"是的，"他回答，"你看，你的孩子也活下来了。"

她举起我给他看。

"一个可爱的小男孩降生了。"她说。

他看了看我，但是没有走过来。

"外面简直是地狱，"他说，"有人看见他吗？"

"看见谁？"她问。

"当然是说这个小男孩了。除了你，还有谁看见他了吗。"

"没有谁了。就只有马隆太太，她在最后一次爆炸前冲到外面的火里去了，再也没有回来。"

"阿门，"他轻声说，"遍地都是死亡，维罗妮卡。"

"我知道，威弗雷。可是你看，这里有一个新生命！"

他稍微走近了一点，抽了口烟，向空气中吐出一团团烟雾。

"也许这个男孩死了更好,"他说,"一出生就立刻被送进天堂,也许这样对他更好。"

他确认身后的门已经关上,又走近了几步。

"也许爆炸是上帝在爆发,"他说,"也许上帝对我们忍无可忍了,我们在地上的生活要到头了,上帝要消灭我们了。"

"但是他放过了你儿子!在炸弹爆炸的那一瞬间,他让你儿子降生在这个世界上。你摸摸他吧。你亲他一口吧。只要亲上他一口,你就会永远爱上他的。"

不管我怎么回想,不管我怎样深入我大脑里的黑暗,我就是记不起来这段故事了。我努力听着她的声音。就亲一小口!我也努力感受着那个小小的吻。因为爸爸好像流泪了,走到了我身边。他把我抱在怀里。妈妈说他一下子就爱上我了,说他一下子就打消了他的顾虑。她这么告诉我的时候,我大概是相信了。但是现在我看得出来,他从妈妈手中抱过我的时候,内心充满了挣扎。我想象他把我从妈妈怀中接过,想象他一下子就爱上了我,但我觉得不是这样。我想象他身上的火、土、血和烟的气味,我想象他湛蓝湛蓝的眼睛里的冷漠。我知道,他把我从妈妈怀里抱走,是想杀了我。我还知道,他会在杀了我之后,转身杀了妈妈。末日那天死了那么多人,隐瞒我们俩的死因根本就是易如反掌。他正要准备动手的时候,妈妈的话竟然成真了。他把我抱在怀里,他的手放在我身上,环住了我细细的脖子。但是他下不了手。我是他的儿子,他真的爱上我了,而且不管发生什么,从那天起他都会一直爱着我。他放松下来,松开了手,心也软了。他把我举到他的脸旁,给了我第一个吻。

"你好，儿子。"他轻声说，又亲了我一口。

然后他跪在床边。

"这可能吗？"他说，"这孩子是不是上帝的一个预兆？在这个可怕的世界里，他会不会代表了一丝喜悦的曙光？他活了下来，是不是因为他肩负着某种使命？"

"是的，"妈妈轻声说，"是的，威弗雷，是的。"

"我们正好讨论下把这个孩子藏一阵子的计划。现在看来，外面的世界充满了邪恶，我们更有必要把他藏起来。一场大磨难就要到来了。你必须这么做，维罗妮卡。你必须把这个珍贵的孩子藏起来。你肯定能理解吧。"

"能。"妈妈轻轻地说。

然后他把我还给了妈妈。他先是把手放在妈妈头上，然后放在我头上，他祝福了我们。

那天晚上爸爸留下来陪我们。他从厨房取来了食物和饮料，给了妈妈一些钱。第二天，他在布灵克波尼的废墟中穿行，到处祈福和举办仪式。

他回来了。他告诉妈妈，世界已经四分五裂了，而且永远不会再恢复原状。

他带来了更多食物，送来了更多钱。

他对她说这是一个疯狂的时代。他说很多人还没死，他们准备逃离布灵克波尼，但是世界上还有许许多多布灵克波尼。也许他们哪里也不该去。也许他们逃到另一个地方，也只是去迎接同样被炸死的命运。现在最好的办法是原地不动。

第二天他带来了一帮人。他们用陌生的声音讲话，看都不看我们一眼。他们力所能及地布置房间。他们布置的这个房间将会成为我成长的地方。他们给门上了锁，然后离开了。

"世界早晚要重建，"威弗雷说，"我们早晚要回到工作和日常生活中。很多人会留下，他们会和从前一样需要理发。等你恢复了，你就可以开始继续工作了。"

"那我们的孩子怎么办？"她问。

"他会没事的。"

他紧紧地抱了我一会儿，然后朝门走去。

"我会时不时回来看他，他不会死的。"

也许他希望我死掉，也许他希望我安安静静地死掉。希望我撑不过去。希望在那些独自一人的日子里，我的生命之火会在这个房间里静静地熄灭。但是我很坚强。我虽然又蠢又笨，虽然永远变不成爸爸希望我成为的那种稀罕的孩子，但是我不断长大，我的生命之火熊熊燃烧，不会熄灭。

他关上了身后的门。这扇门成了我永远不可以出去的门。一扇我整整十三年都没有出去过的门。

# 理发的快乐

剪刀、发刷、眉夹、除毛器。剃刀、梳子、卷发器。滚筒、发网、洗发水、柔顺剂。发乳、护发素、发粉。她包里装的是这些东西。包表面是柔软的红色皮革,上面用金字印着她的头衔:美发师维罗妮卡·迪恩。上门提供发型打理。包里面是蓝色的,里面分成好几格,有好多小口袋,还有好多按扣、拉链和夹子,看起来很精致。她把包打开给我看,我把脸埋进去,里面的香味很好闻,颜色和形状也很好看。包里面的气味真甜啊。她告诉我,这个小包对她来说,就像一个百宝箱一样。

"我一直想要这些,"她说,"从我小时候在伊登豪斯的时候起就一直这么想。我想当理发师。后来我跟安吉洛·加布埃利学手艺,他那里是布灵克波尼最好的美发沙龙。我刚一上手就表现得出色。我天生就该做美发师,比利。这就是我的生活。你看看这把刷子,你摸摸它。这叫珍珠母。你闻闻这个,这叫蓝色地平线,特别好闻。啊,我有好多好多顾客,比利。顾客多得我几乎一天都跑不过来。"

"不过那是在炸弹爆炸和我出生之前。"我说。

"嗯,儿子。那时候没有炸弹,也没有你。不过没关系,这里总会有些好人需要我打理头发的。"

她拿了把发刷,开始梳理我的头发。从我记事起,她就一直这样给我梳头发。我感觉到刷子在头皮上游走,轻轻地牵动着我的头发,把它们理整齐。她把手指伸进我的头发,把它们撩起来,抹上发油卷起来。她的声音里充满欢声笑语,她甜美的呼吸飘到了我的脸颊上。

"我觉得可以剪剪了。"她说。

她挑出杂乱的碎头发。

"你看看你的头发长得多粗多卷,比利。你现在也长大了,我们或许可以把头发留长点。你觉得呢,儿子?"

我转了转头,感到头发飘动起来。我想象了一下长长的头发落在我的眉毛、脖子和脸上。于是我说:

"好的,妈妈。我们留长点看看。"

她把包合上,递给我。我接了过来。她还给了我几个塑料袋,用来装耶稣的碎片。

我们出门了。妈妈开始工作,我也开始帮助她,我非常喜欢妈妈的工作。

我是她的儿子,她的助手,给她背包,给她递剪刀。

去找耶稣之前,她带我见的第一位顾客是杨科维亚·亚卡波斯卡。她年纪很大了,住在一间小屋里,就在被炸毁的布灵克波尼公园旁边。

她给我们开了门,然后眼前一亮。

"这是谁呀?"她问。

"他叫比利,"妈妈说,竖起一根手指放在嘴边,"请你别问其他的了,杨科维亚。"

杨科维亚笑了，她给了我一杯柠檬水和一块姜饼干。她在一张木头椅子上坐下，妈妈拿了条围巾披在她肩上。她弯腰伸头到水槽前，妈妈浇水在她头上，然后挤了些奶油似的洗发水。妈妈的手指在她头皮上移动，轻轻地揉搓着她的头发。

"真舒服。"杨科维亚嘟哝着。

妈妈把杨科维亚头上的洗发水冲掉，用毛巾擦干，然后又把毛巾放回她肩上。

"她的动作特别温柔。"杨科维亚对我说。

"我知道。"我回答。

"不管你是谁，不管你从哪儿来，"杨科维亚说，"能在布灵克波尼见到年轻人真好，更何况是你这么个漂亮的小男孩。我也有个儿子，他已经走了。我儿子也有个儿子，他也走了。他现在不知道在东边很远的什么地方打仗呢。好多男孩都上战场去了。要是他们来抓你打仗去，你也会走吗？"

我看看妈妈。

"别这样问他，"妈妈轻声说，"他们不会来抓他的，杨科维亚。没人会来抓他的。一个都没有。"

杨科维亚叹了口气。

"你确定？"她说，"那么多男孩都被抓走了。而且这里也无处可藏。"

她叹了口气。妈妈给她画了眉毛，刷了刷、剪了剪、梳了梳。她一边干活一边哼着甜美的小曲。杨科维亚的头发轻轻地落在她肩头的毛巾上。

妈妈举起一面裂缝的镜子，杨科维亚照了照。

"和平时一样好，"她说，"谢谢。"

妈妈在这位妇人的喉咙、脖子和脸上抹上润肤乳。

"比利长得有点像你，维罗妮卡。"杨科维亚说。

"别这么说。"妈妈说。

"我不说了。但是让我碰碰你吧，比利。"

我走到她跟前，她碰了碰我的脸。

"好像再也不会有人来这里了，比利。有时候我想，是不是外面的人都以为布灵克波尼的人都死光了。有时候我想，我是不是活在一场梦里。你也碰碰我吧，比利。"

我碰了碰她的手。

"你能感觉到我的存在吗？你能告诉我，我就在这里吗？"

"是的，杨科维亚。"

"是吗？但是万一你也不存在呢？万一所有一切都是梦呢？他们不来抓你去打仗，会不会是因为你也不存在呢？"

妈妈又轻轻地梳了梳她的头发。

"我们不是梦。"她轻轻地说。

"我真是什么也想不通，"杨科维亚说，"我们以为只要经过一场大爆炸，战争就可以结束了。而不是像这样，没完没了。有时候我感觉这根本不是战争，但是也绝对不是和平。"

妈妈又画起了她的眉毛。

"战争会结束的，"妈妈说，"我们都会好起来的。"

"会吗？我就是在战争中长大的，我到这里来，是因为这里和平。可你看看都发生了些什么。也许我才是罪魁祸首,也许我被战争缠上了,我到哪它就到哪。会不会是这样呢?"

妈妈笑了,她说当然不是这样。

杨科维亚盯着我看。

她说,我们的头发还在长,也许这就是一个迹象,说明时间真的在流逝,这一切也真的存在。她还说,当妈妈的手指穿过她的发丝时,她真的感觉这动作里充满了爱与和平。

她又碰了碰我。她的眼睛又开始闪闪发光。我握住她的手,她的手温暖而光滑。

"哦,比利,"她说,"你身上也有这种感觉。我能感觉到你身上流淌着一种让人安心的感觉。"

她闭上了眼睛。

"也许,"她喃喃自语,"像比利这样的孩子出现在世上,意味着暴力的年代已经结束了,战争已经完蛋了。我祈祷这是真的。"

妈妈吻了吻杨科维亚,然后我们离开了。妈妈说我们两星期后再回来。

我们出了门,咯吱咯吱地穿过布灵克波尼。咯吱咯吱。鸟儿们在我们头顶歌唱,妈妈也在我身边唱歌,她高兴极了。突然她安静下来,三番五次地回头扫视着布灵克波尼。

"怎么了?"我问。

"不知道。没事。只是觉得有点不对劲,比利。哦!"

我顺着她的目光望过去,可是什么也没看见。

"我好像看见一个人影,"她说,"一开始在那儿,后来在那儿。"

我们看了看周围。远处有一个拿着探测器的寻宝者。又有一个。我们看见一个弓着背的身影,带着一条狗。鸟儿在飞,微风扬起尘土,阳光洒落大地。

"可能是我看错了,"她说,"可能是有人踩到我的坟墓了①。"

"你觉得会不会有一天我们发现是爸爸在看着我们?"我轻声说,"为了再见我们一面?为了看看我们过得怎么样?"

妈妈说,也许我们最好忘了爸爸在或者不在哪里,他干或者不干什么。

"我们走。"她说。

她放松下来,又露出微笑,又开始唱歌。

我不住地望向布灵克波尼的影子,看向那些破房子的破窗户。

有个人坐在墙上,腿上放着一个本子,手里拿着一支铅笔。她扭脸看看我们,然后又重新低下头,手里的铅笔在纸上画着什么。我们越走越近,她是个比我大一点儿的女孩。我望向她的本子,她就把本子翻过来给我们看,她画的是我们。

"这是正在朝我走过来的你们,"她说,"等你们接着走了,我

---

① 十八世纪的说法。在人们打了不明原因的冷颤时使用。该说法源于旧时民间传说,如果一个人打冷颤,那是因为有人踩在了将来要成为他的坟墓的地方。——译者注

就接着画。"

妈妈抓住我的手把我往后拉,我感觉她起了疑心。

女孩垂下眼睛。

"别担心,"她说,"我只是单纯地画画而已,我叫伊丽莎白。"

我还想继续看看那个本子。

"我只是画下了我看见的东西,"她说,"和你们看东西一样,仅此而已。画人画风景画动物画东西。你们叫什么名字?"

我告诉她我叫什么,她写了下来。

她脚边还有更多画在地上的画,画的是脸和人。她发现我在看,就朝那些画踢了几脚。

"这画的只不过是我记得的一些东西,"她说着用脚抹掉了它们,"那些被炸掉的东西。"

她又开始在纸上做记号了。

我们接着走。我转过头,发现她在看我们画我们。妈妈也转过头,然后紧张兮兮地回过头来。

"她看起来是个好人,"她说,"但是凡事都说不准。"

她拉着我向前走,脸上又绽放出笑容来。

"你看,比利。那就是我们的目的地。原来这里有一排商店,有西姆森面包房、蒂米杂货店、戈登鞋靴店,等等。还有威灵顿印刷和马达加斯加咖啡。看看现在这里多破败,商店都被摧毁了、炸飞了。多少东西都成了灰。加布埃利的沙龙那么漂亮,也化成了灰。不过麦考弗雷的店幸存下来了。你看它多好呀?"

它确实很好,从我看到它的第一眼我就这么觉得。它在阳光下闪闪发光。商店的窗户又大又漂亮,上面的招牌有年头了,褪色的金字写着商店名。

**麦考弗雷父子**

**屠肉大师**

## 屠夫和肉铺

朝肉铺走近的时候,妈妈把店铺招牌念给我听。

"麦考弗雷先生的儿子是谁?"我问。

她摇摇头。

"他没有儿子。麦考弗雷先生是他们家最后一个儿子。所以他一个人既是父又是子,明白吗?"

我说明白了,其实我不明白。

"真想让你看看这里过去的样子,"她说,"他家是方圆一百英里以内最好的屠户。人们从很远的地方蜂拥而至,只为买到有名的麦考弗雷香肠,或者尝尝好吃的馅饼、无可挑剔的火腿,还有美味的血肠、干腊肠和酱汁。"

我的铅笔在纸上疾走,我通过这种方式再次走进了当时的场景。我听见了妈妈的声音。她告诉我,麦考弗雷肉铺很久很久以前就在了,从她和我一样是个小婴儿的时候就在了。就算发生了爆炸这类愚蠢的事情,麦考弗雷先生还会继续为世界上的好人提供好吃的食物。对,虽然大部分人都不在了,但麦考弗雷先生要当一辈子屠夫,留在这个他开始当屠夫的地方,这个他爸爸、他爸爸的爸爸、爸爸的爸爸的爸爸出生、生活、工作和死去的地方。

我看到擦得亮晶晶的窗户和里面干净的白色大理石长凳。我看见一个粉红色的猪头,已经去过了毛,瞪着它的小眼睛,张着嘴巴,像是一只快乐的猪在对全世界微笑、欢迎人们的到来。旁边有一圈一圈的香肠、几块排条和一堆碎肉。

麦考弗雷先生就在一旁。他正在他的剁肉板上一刀又一刀地剁什么东西。他快活地吆喝着,抬起手,把刀高高挥过头顶。他招手让我们进去。他放下刀,把剁好的肉装进一个碗里,朝我们走来,伸开胳膊抱住了我们。

"欢迎来到麦考弗雷肉铺,比利·迪恩,"他说,"你就当这儿是你家,来吃个馅饼。"

他在一个水槽的水龙头下面洗了洗手,擦干,朝一个冰箱走去。他拿出一张馅饼,放在我手里。

"张嘴咬吧!"他说。

我咬了一口。

"怎么样?"他问,"好吃还是不好吃?"

"很好吃。"我说。

"答对了!说起来,你过得还好吗?当一个老布灵克波尼的小男孩还好吗?"

"是的,麦考弗雷先生。"我回答。

"好极了!再给你个椰子!要不给再给你张馅饼,这样更好!"

他又拿了张馅饼,把它放在我旁边的长凳上。

"这张带回家,当晚饭或者夜宵!"

他搂了一下妈妈。

"看来把这孩子放到外面的世界来就对了,他一点儿都不需要人操心!真是布灵克波尼的光荣,你也该以自己为荣,维罗妮卡!

你这个小儿子呀,"他用一根又大又壮的手指头直勾勾地指着我,"他真是个小明星!"

他吻了吻妈妈,嘴对嘴。他们两个人都闭上了眼,紧紧地拥抱着彼此。

"好了,"他放开妈妈时说道,"你能帮我看看我的头发吗,比利·迪恩。"

他抓起我的手,放在他头上,拉着我的手来回摸了摸他的头顶。

"头发茬,比利,"他说,"你能摸到吗?"

我能。我摸到了他粗糙的头发,还有长出这些头发的温热、光滑的皮肤。

"长度和硬度都快赶上该死的猪毛了,"他说,"谁想长一个猪头呀?当然没人想要了!你妈妈该打理打理它们了,比利。对吧,维罗妮卡?"

妈妈笑了。

"没错,麦考弗雷先生。"

"那我们现在就开始吧!"

他在店门口的破路上摆了把椅子,坐下来。"把你的家伙拿出来,开始干活了,亲爱的。"

于是她从店里端出了一盆水,打开她的包,拿出剃头刷和肥皂。她在他头上涂满了肥皂泡。她指指包里的剃刀,让我把它拿出来。

麦考弗雷先生笑了。

"你已经有工作了,小伙子?给最棒的理发师当助手!从布灵克波尼这头到蓝色的大海那头,她是最棒的理发师!你俩一定会是一对好搭档!"

他低下头,妈妈开始用剃刀在他头上前前后后地推,直到所有头发茬都剃掉了,他的头顶变得和脸颊一样光滑油亮。

妈妈举起镜子。

"这……"他对她说,"真是天才手艺,维罗妮卡。你想跟我换点什么?一英镑香肠、一盘肝脏、一点儿腌猪后腿还是半条美味的羊羔腿?"

# 奶牛的一小块

剃完头他带我们进屋。店里又宽敞又明亮，墙壁闪闪发亮，长椅和地板也擦得干干净净。

"你觉得怎么样，比利？"他问，"肉铺就该这样。你看看这地板！你在上面吃饭都可以。你过来，我给你看点儿好看的东西。"

他一只胳膊揽着我，指着墙上的瓷砖。

"我知道你在图画书里见过一些动物，"他说，"麦考弗雷肉铺的墙上画得更多。"

他告诉我，很久很久以前，肉铺刚建好的时候就有这些瓷砖了。上面画着一群群肥牛和毛蓬蓬的绵羊，正在甜美多汁的草地上大口吃草。还有大肥猪，尖嘴卷尾巴。可爱的树下站着一群鹿，头上顶着大大的鹿角。还有鸡群在地上啄食。还有家禽和鹌鹑。

"你觉得怎么样，比利·迪恩？"他说，"我觉得这才叫画，这才叫动物！你看这个！"

他指给我看更多的瓷砖，指给我看宰杀动物的方法，怎么把动物大卸八块，怎么锯、怎么切、怎么切薄片、怎么把肉分成一块一块、每一块分别叫什么名字。

"动物的身体分成好几部分，"他说，"有的部分硬，有的部分软，有的部分只能做布丁。不过每一块都有用，不能浪费。皮可以鞣制成革，毛可以编织成线或者当做椅子的填充料。角可以做成喇叭、珠宝，也可以挂在墙上装饰。骨头可以煮了吃骨髓，也可以埋在土里给树当肥料。当然，动物身上最好的部分，还是那些口感细腻、香甜可口的部分。比如里脊肉、小牛脸、鸡屁股或者有肥有瘦的牛里脊。动物是送给人类的一份大礼，比利。至于是谁送的？我也不可能知道。上帝从天上送下来的？动物们自己送上门的？还是我们生活的这个神奇世界送给我们的？谁知道呢？这样的问题怎么会有答案？但是你看看它们，比利。你看看动物，看看它们的肉块，咬一口你的馅饼，品品动物们的味道，脑子里想想这些问题吧。"

然后他指给我看瓷砖边上的字，那里写着动物的名字，写着动物各个部位的名字。有腿肉、牛肩、肘子、颈肉、猪蹄、胫骨、内脏、血液、心脏和脑子。他把这些词念给我听，让我跟他读。他把这些词拼出来，让我也跟着拼。我不明白这些词的意思，但是它们念起来感觉真好，听起来真悦耳，它们在我头脑深处组成了一支美妙的歌。现在我又写下这些词，小心翼翼地拼出字母，又给自己读了一遍，感受它们甜美的回音。羊羔奶牛绵羊猪腿肉牛肩肘子颈肉猪蹄胫骨内脏血液心脏脑子。

这是我来到麦考弗雷肉铺的第一天，之后我还在这里度过了很多日子。这天他告诉我，屠夫的工作既优雅又神秘。

他把一块牛排放在剁肉板上。

"这是什么，比利？"他问。

"一块肉。"我答。

"对，"他说，"不过这不仅仅是一块肉。这是动物身上的一块，它曾经活着。这是奶牛的一小块,比利。"

他把瓷砖上画的牛指给我看,让我看看它多漂亮。

他开始切肉,把肉切成小块,又切成更小的小块。然后他拿出其中最小的一块,用他最小的刀、最利的刃继续切。他的脸离剁肉板越来越近。他拿起一块小肉丁,用手指尖捏到我眼前。

那块肉小得我几乎看不见。

"这是什么?"他问。

"奶牛的一小块。"我答。

"对了,"他说,"我再怎么切,它还是奶牛的一小块。不管我对它做什么,它还是奶牛的一小块。哪怕我们看不见它了,它还会是奶牛的一小块。伸出舌头来,比利。"

我伸出舌头。

他把手指按到我舌头上,留下了奶牛的一个小小块。

"吞下去,比利。"

我把肉吞了下去。我感觉不到我吃进去了什么东西。但是我知道,奶牛的那一小块已经进了我肚子。

"现在它是什么?"他问。

"奶牛的一小块。"我答。

"对。而且现在它也是比利·迪恩的一小块。奶牛变成了一小块比利·迪恩。比利·迪恩也变成了一小块奶牛。"

他笑了。

"你吃动物,动物也在吃你。"他说。

然后他带我来到门外。他弯下腰,伸出指尖蘸了蘸布灵克波尼的尘土。他又让我伸出舌头。他把指尖伸进我的舌头,我又吞了下去。布灵克波尼变成了我,我变成了布灵克波尼。

"所有的东西都交融在一起,"麦考弗雷先生说,"这就是屠夫工作的神奇和神秘之处。这也是世界的神奇和神秘之处。记住了,比利·迪恩。"

"我会记住的,麦考弗雷先生。"我说。

现在我写下可爱的麦考弗雷先生,看见了他的神奇肉铺,看见剃刀在他头上流畅地前后移动,我又记起了他的话。他就在那里。那些年他总是冲我挑眉毛,总是冲我笑。每次剃完头,他就又抬起头来,用手摸摸头,像往常一样说:

"剃得真好。谢谢你,亲爱的。"

这天,他给了我们一块美味的腌猪后腿。

"放上洋葱慢慢煮,亲爱的。"他说。

想到那美味,他亲了亲自己的手指。

离开之前,我把手伸到口袋里说:

"我给你带了件礼物,麦考弗雷先生。"

我拿出雕像的碎片。

"这是天使的一小块,"我说,"我觉得你会喜欢。"

"我当然喜欢了!"他大叫,"我会一直把它当宝贝的。谢谢你,好朋友,比利·迪恩。"

# 咯吱咯吱咯吱咯吱

然后我们走回家，咯吱咯吱咯吱。

我写我们走回家，咯吱咯吱咯吱。

我们经过圣帕特里克，翻找那里的地面。碎片多得简直就像大地要把耶稣拿给我们。也可能是因为我们的脚咯吱咯吱地来回踩，把碎片带出来了，就像鸟儿用翅膀扇动泥土来找虫子一样。

我们从土堆里拿出碎片，擦掉上面的尘土。

我们把碎片放进塑料袋。

可我们没找到耶稣的头。

"哦，他可好看了，"妈妈说，"他特别漂亮，特别亲切。"

我们接着找，还是没找到头。

我们走回家时，天变成了红色和黑色，颜色越来越暗，我们的脚下是咯吱咯吱咯吱。

我可以跟着他们直到永远，跟着那双脚走遍大地、走遍时间、走遍我的记忆和我的梦境。

就像行走在我的皮肤上，我的头发里，我的血液、骨头和大脑里。

这行走有朝一日会终止吗？

我在这些纸做的大地上寻找着什么？我涂写这些文字是为了寻找什么？

没有答案。

我知道接下来会发生什么,我没法改变未来。

那我为什么还要继续走继续写继续讲继续走继续写继续讲?

没有答案,比利。永远没有答案。

咯吱咯吱地,我走着。

咯吱咯吱地,我写着。

咯吱咯吱,一个字;咯吱咯吱,一个字;咯吱咯吱,一个一个又一个。

# 寻宝人与荒野

我们找到耶稣的一条腿，还有几乎完整的两只脚。我们找到了一大块脖子、一只半手、一块胳膊肘、一块膝盖和一部分胸膛。还有一块棕色的东西，像裙子一样，褶皱很精致。还有很多粉色的部分，肯定是肉。还有很多白色的粉末，肯定是从雕像深处掉出来的。

天使的两只翅膀都找齐了将近一半，我们还找到两条破碎的腿，还有天使仰望着天堂的脸，后面垂着一绺金色的头发。天使又光洁又可爱的身子也基本找齐了，只不过它们肯定不如从前那样光洁了。

我们把这些碎片摆在厨房桌子上。我们试着把一块碎片和另一块拼起来，我们想让雕像恢复从前的样子。

复原了一半的雕像躺在厨房桌子上。

一天下午我们在挖垃圾堆，一个寻宝人站在不远处望着我们。他手握探测器，悬在他面前的地面上。他的脸都变成了土色，手上黑乎乎的，全是擦伤。

"你们俩找什么呢？"他问。

"没找什么。"妈妈说。

"这就对了，因为你们什么也找不到。这一片老早之前就有人找过了。"

我找到一根脚趾头,我把它捡起来,朝太阳举着。他笑了。

"很值钱很值钱!"他说。

他又笑了,然后怒吼起来。

"你们想要金子和银子,"他说,"你们想要以前教堂收藏的东西,圣餐杯、十字架、钱币。它们早就被人发现了,早就被人挖走了。"

我一直扭着脸不让他看到。我继续翻找土里的东西,我感到一旁的妈妈非常紧张。

"话说,这孩子是谁?"寻宝人说,"我认识你,宝贝儿。你是那个剪头妹,那这孩子是谁?"

"谁都不是。"妈妈说。

"谁都不是?"

"是个客人。"妈妈说。

"美丽的布灵克波尼来客人了?"

妈妈没说话,我也是。

"看这里,孩子,"寻宝人说,"让我正面看看你。"

他走近了些。

"一个壮小子,"他说,"你以后应该会是个壮兵。"

他又走近了些。

"真奇怪,我怎么感觉你哪里看着这么眼熟。"他说。

"别管他,"妈妈说,"他自己会走开的。"

我没动。

"我觉得你和那个谁有点像啊,是不?"寻宝人说,"是不是?"

"别动。"妈妈悄悄说。

我们听见一阵咯吱啪嗒啪嗒声。我们都回过头,是马隆太太。太阳落在她身后,让她变成了一个剪影。她站在碎石堆上,倚着她的手杖。她一动不动,就像一块石头一样。

"你想干什么?"她厉声问寻宝人。

"不干什么。"他回答。

"你想找的都找到了。那你该滚蛋了。"

他弱弱地低声嘟哝着什么。他试图站定回瞪马隆太太,不过很快就移开了目光。

"我说滚蛋!"马隆太太说。

"好好好。"

"赶紧滚,要不然我叫屠夫来了。"

他冷冰冰地看了我最后一眼,然后穿过碎石堆离开了,手里的探测器在地上扫来扫去。

"谢天谢地,"马隆太太说,"别理他那种人,威廉。他们是该死的人渣。"

"我不会理他们的,马隆太太。"

"好。"

她指了指地面。

"这有块羽毛,威廉。"她说。

我把羽毛碎片捡起来放进袋子里。马隆太太笑着摇了摇头。

"人们为了充实生活干的那些事总是让我感到吃惊。你觉得,我们要是不做这些事会怎么样?"

"做哪些事?"妈妈说。

"所有的事。如果我们不从垃圾堆里捡东西,如果我们不在上面走来走去,如果没有寻宝人在这里扫来扫去。你觉得会怎样?"

"我不知道,马隆太太。"

"你不知道是吗?有些人根本就不会想这些问题是不是?如果我们什么都不做,这里会变成荒野,你说是不是?"

"是的,马隆太太。"

"'是的,马隆太太。'你根本一点儿都没听懂对吧?但是我告诉你,这里会变成荒野,一大片荒野,一大堆又高又大的植物会到处疯长,一大群又高又大的动物会自由自在地游荡。你说是不是?"

"是的,马隆太太。"

"'是的,马隆太太。'说得太对了。如果这里一个人都没有,荒野会变得更大更野。要是我们都死了、都完蛋了、都变成幽灵了。幽灵才不会搞什么破坏,对吧?所以,没有人的世界可能会更好。你觉得呢,维罗妮卡?你说我们是不是都该赶紧一死了之,把世界还给爬虫、植物和动物?也许这才是长远的计划,这才是问题的核心。也许这才是我们命中注定的结果,也许这就是战争的意义。把我们全都炸飞,让我们永远消失在大地之上。嘭嘭该死的嘭该死的咔嘣嘭嘭!然后什么都没了。所有人都去了该死的死后世界。哈!你看,威廉!耶稣的一小块脑子在爬!快抓住它!"

我低头看,看见一条又细又长的虫子正在翻越石头。它滑进了一个小洞。

"太慢了!"她说,"又有一个!"

一只黑亮黑亮的甲虫在刚才的地方乱爬。甲虫旁边有好多好多蚂蚁，蚂蚁旁边还有更小更小的爬虫和小小的植物、植物、还是植物。

"一片荒野，"马隆太太说，"只有动物们在走在爬。来回飘荡的灵魂从来不会伤害任何东西、任何人。那将会是一个非常美好、非常美丽、非常美妙的世界。因为大地上没有一个人类行走，所以世界变得更美妙。"

她踢飞一块石头。

"啊好吧，"她说，"也就只能做做梦了。威廉，我想让你现在跟我走一趟。"

我盯着她看，妈妈也是。

"我该带你去我的会客厅了，给你看看通灵板，让你看看通往死后世界的大门。"

她用手杖在地上敲了敲。

"来吧，"她说，"维罗妮卡，别那么一副为难的样子。你自己又不是不能把那些石头啊土啊破烂啊的东西带回家，是不是？"

"我能，马隆太太。"

"好极了，那我今天晚上会送他回去。你走吧。"

于是我被带走了，咯吱咯吱咔哒咔哒。

# 我见到了通灵板

我们站在马隆太太家门前。窗户上钉着木板。门是黑色，门环是银色，还有一块写着字的白色门牌。

**A. 马隆　太太**
**是朋友请敲一次门**
**是丧亲者请敲两次**
**魔鬼、神父、寻宝人、自以为是的人和好事之徒，**
**给我滚蛋！**

她用钥匙开了好几道锁，带我进屋。里面很黑，她一边往里走一边打开一盏盏小灯。她带我穿过一道很窄的走廊。咔哒、咔哒，她的手杖咔哒、咔哒地响着。

她带我来到一个小房间。房间四面的窗帘都拉着，窗帘后面只有黑暗。房间中间摆着一张擦得发亮的小圆桌子，周围摆了几张椅子。

她坐下来的时候叹了口气，揉了揉屁股，缩了缩身子。

"哦哦，"她说，"啊啊。"

她擦着一根火柴，点亮了挂在天花板上的一盏灯，灯的位置正对着桌子中央。火苗刚点着时发出嘶嘶的声音。借着这光，我看到桌子边有一圈金色的字母。

"坐下，威廉，"她说，"就当这是自己家。"

我坐在桌边的一把椅子上。

"你现在来到了死后世界的大门前,"她说,"要想穿过这扇门,你必须识字才行。举个例子,这个念什么?"

她指着一个字母。

"A。"我回答。

"这个呢?"

我不认识,答不上来。她还在等我的答案。

"X。"我猜了猜。

"错!是K!虽然看起来有点像,但这是K!那这个又念什么?"

"K。"

"总算对了。要不你告诉我你认识哪些字母,这样我们就知道我们差得有多远了。"

我指出我认识的字母,把它们念了出来。

"比我想得好一点儿。"她说。

她指着嵌在桌子上的词语。

"你知道这是什么意思吗?"她问。

"意思是'是'。"

"哈!好极了。那这个呢?"

"意思是'不是'。"

"很好很好很好。这个呢?"

我答不出来。

"意思是'再见',威廉。幽灵们离开之前,会碰一碰这个词。"

我也碰了碰这个词,碰了碰那些组成这个词的亮晶晶的字母。我用手沿着它们的形状比画着。

"这就对了,"她说,"就是这样学。一边摸一边把字母念出来,威廉。G—O—O—B……"

我模仿她发出声音,模仿她说出"再见"这个词。

"很好,"她说,"你肯定遗传了一部分你爸爸的智慧。再拼一遍。再见。"

"再见。他还会回来吗,马隆太太?"

她皱了皱眉头。她说她没明白,接着她反应过来我说的是我爸爸。

"他呀?谁知道他要干什么。谁知道他还活着还是……"

她犹豫了一下,又用手摸了摸桌子上的字母。我们头顶上的灯发出了嘶嘶的响声。

"他死了吗?"我问。

她叹了口气。

"我们没法知道,威廉。"

她抬起眼,不再盯着桌上的字母。

"威廉,如果他死了,他说不定会来这里见我们。也许他会来这间屋子里跟我们说话。也许等你跨过了死后世界的大门,你会发现他在那边等着你。"

我隔着灯光望向她。其实我不太明白她的话。但是我再次伸手触摸那些字母,比画它们的形状,念出声来。我比画着词语,念着它们的名字。

"这就对了,"她说,"把字母记住,威廉。这可能会帮你找到你爸爸。"

我们练习了一遍又一遍。

我念着字母,有的念对了有的念错了。不过很快我就能念对更多了。

"好孩子,威廉。"她轻声说,"聪明孩子。"

我感觉我们几乎练习了一个世纪那么久,然后终于可以休息了。她给了我一杯凉水,我渴得不得了,大口大口喝了下去。她伸手打开了桌子下面的一个抽屉。

"这个,"她告诉我,"是通灵板。"

她拿出通灵板摆在桌子上。

"你也看见了,形状像船一样。"

她笑了。

"尽管你不太可能知道什么是船。"她说。

"我知道。"我告诉她。

"是吗?"

"我见过,在墙上挂的岛的图画里。"

"太好了!那你就能认出来,通灵板和船很像,有一个尖尖的船头,还有弯曲的光滑的船底。你看这桌子也擦得这么亮,是不是很像水面,威廉?"

她说的对。桌面像极了水面,我几乎觉得我可以把手指伸进去了。我摸了摸桌子表面,这当然不是水面,我的手指也伸不进去。

"通灵板放在桌面上,"她说,"就像一艘船停在大海里。通灵板会在桌面上移动,像小船在大海里航行一样。或者,有人碰它,它也会动。你明白我想说什么吗,威廉?"

我没回答,因为我不知道她要说什么。

"船靠什么在海里航行,威廉?"

我没回答,因为我不知道。

"靠空气,"她说,"我们看不见的空气。那通灵板靠什么动?"

她等我回答,但是没等到我的答案。她怎么会觉得我知道答案呢?

"好吧。通灵板靠死者移动,我们看不见的死者。我想问你明不明白,但是显然你不可能明白。你只管照着我做,把手指轻轻放在通灵板上。"

我把手指放上通灵板。

"你就把手指这么放着,跟我一样,"她说,"别太用力推。我们来看看会发生些什么。我们来看看,会不会有什么力量让通灵板动起来。"

她闭上了眼睛。过了一会儿,她开口了。

"有人吗?"她问。

她等待着回答,我看着她。

"有人吗?"她又问了一遍,声音听起来像是在呻吟,像是生病了,像是她在拼命地渴望听到回答。

"只有我,马隆太——"

"不是说你!"她睁开眼说,"不是说你,威廉!你别出声,安静等着。有人吗?如果你在的话,跟我们说话吧。"

什么也没发生，什么回应也没有。

她又开口，我们继续等。

我闭上眼睛，感到睡意像一团黑暗一样席卷了我。我想，她说的死后世界是什么意思。她说死者会来到我们身边是什么意思。尽管我觉得我睡着了，尽管我闭着眼睛，我还是保持着所有感官的警觉。我听着寂静之中的嘶嘶声，我凝视着昏沉沉的黑暗。

"该你问了，"马隆太太说，"问吧，幽灵会给你指明方向。"

我睁开眼，看着空荡荡的房间。

"问吧，"她说，"死者在等着你呢。"

"问什么？"我问。

"问什么？问我问的那个问题呀。问有人吗。"

"有、有人吗？"我弱弱地说。

"问得认真点，威廉！"

"有人在、在吗？"

我不知道会发生什么，我不知道要怎样去感受。可是通灵板突然往前滑动了一点。

马隆太太吸了一口气。

"是谁？"马隆太太问。

什么也没发生。

"别动，威廉，"她说，"手指放在通灵板上别离开。别出声，做好准备。"她顿了顿，然后又柔声说："是谁？过来吧。别害羞。跟我们说说话。是谁呀？"

通灵板又往前滑了一点。我低头看着它，马隆太太睁开一只眼睛看着我。

"幽灵和你有些像,"她温柔地说,"它们住在黑暗里,现在来到了我们身边。它们很敏感、很腼腆,我们要关心它们、引导它们。要温柔,威廉。"

她对着空气说道。

"说话吧,"她说,"这里有个男孩,名叫威廉·迪恩,他会听你们说,会理解你们的。现在就对他开口说话吧。用通灵板来碰字母吧。"

通灵板一晃,然后朝前滑动起来。它拉着我的指尖一起前进,它开始朝字母指了过去。

"B。"马隆太太说。通灵板动得更快了。"H,"她说,"G,L,E。慢点儿,冷静点儿。慢慢来。这些字母没有任何意义。告诉我们你的名字吧。让通灵板做点有意义的移动。拼几个词语出来吧,或者借威廉·迪恩之口说几句话。威廉,你听听有没有什么声音。它可能会进到你身体里去了。"

我不知道我要听什么声音,但是我突然感觉到脸上吹来一口气。我是不是听到有人开始低语,就像有人在我旁边说话,甚至像在我脑子里说话?我是不是感觉到有只手碰了碰我的胳膊?我是不是——

"来吧!"马隆太太说,"现在就来吧!!!"

她的声音越来越低沉、越来越痛苦。她的脸开始发红、冒汗。

"是谁?勇敢点!过来吧!"

我看看旁边,我身边空荡荡的,只有马隆太太闭着眼睛、昂着头。除此之外什么也没有，可是我还是觉得有什么东西就在我身边。好像有人在呼吸，在低语。

"是谁？"我吸了一口气。

突然传来一阵砰砰的敲击声，突然有人大叫我的名字。

"比利！比利！！！！！！"

马隆太太跳了起来。刚才的气息和低语都不见了，通灵板被打翻了，一动也不动。

"你在里面吗？"那个声音问道。

马隆太太怒视嘶嘶作响的火光。

"这家伙到这来干什么？"

"是我妈妈。"我小声说。

"我知道是你妈妈！她来干什么？"

"比利比利！"妈妈喊道，"马隆太太！"

"妈妈！"我叫道，"妈妈！"

马隆太太跨过桌子，伸手抓住了我的胳膊。

"你很有天分，"她说，"我就知道。你刚才说话的时候，我感到幽灵世界传来一阵强烈的躁动。布灵克波尼有死者的传说。他们都在等你。"

"比利！比利！"

马隆太太紧紧地抓住我，她把我拉了过去。

"听着，比利。你爸爸说不定和那些死者在一块儿。说不定你能在这儿找到你爸爸。"

我盯着她，妈妈在外面一遍一遍地叫喊。

"你还要找到我女儿,"马隆太太说,"你要从黑暗中找到她,把她带到我身边。你明白了吗?说'明白了,马隆太太'。快说!"

"明白了,马隆太太。"

"明白了!对!就是你比利·迪恩,死去的人和丧失亲人的人都在等着你。只有你才能让我们团聚。"

"比利!比利!"

"你听她多像个孩子,"马隆太太说,"像个傍晚迷路的孩子一样叫个不停。你听见了吗,威廉?"

我赶紧说听见了,想快点摆脱她。

"记住。她爱你,你爱她,这很正常。但是你也要完成你的任务,威廉·迪恩。你的存活就是为了完成这个任务。我也是为了这个才保护你的。你是她的,没错,但是你属于我,威廉·迪恩。你属于死去的人和他们还活着的亲人,我们都在等你。"

她笑了。

"死者认得你,威廉·迪恩。他们知道,你出生的时候就差点成为他们当中的一员。他们还知道,你爸爸妈妈跟别人说你死了。他们说你不存在,说没有你这个男孩,说你死了。"

她又笑了。

"所以生和死的界限模糊了。既非生,也非死,两者互相交融。你爸爸死了吗?也许死了。或者他还活着吗?也许活着。也许他会到我这个房间里来找你。也许他会从布灵克波尼的暗处里走出来,掐住你的脖子。他从一开始就是这么打算的。我们会照顾你,威廉。但是你要擦亮你的眼睛,保持你的理智。"

"比利！比利！"

"来了，亲爱的！"

马隆太太朝门走去，用钥匙开了门。外面已经是一片漆黑。妈妈脸上满是泪水。她一把把我搂进怀里，抱得很紧很紧，然后她吸了一口气。

"哦，马隆太太！"她说，"原谅我。天都黑了，我突然好害怕，我怕我要失去他了！"

"你没做错什么，亲爱的维罗妮卡。你也别害怕，你会担心也是正常。他表现非常好，我非常满意。"

妈妈听到这样的评价，叹了口气。

"五天之后我还会需要他，"马隆太太说，"有一帮死者亲属要来了。你可以下午带他过来，这样我可以给他准备准备。"

我感觉到妈妈吓得屏住了呼吸。

"说'好的，马隆太太'。"马隆太太说。

"好的，马隆太太。"妈妈说。

"很好，你们放心回家去吧。"

# 理发师和神父的相遇

我还留着那条围巾。紫色的围巾，黑色的穗边，这是他留给我的。我用手指摸着它滑溜溜的表面。我把它戴在脖子上，蒙到脸上。关于爸爸的回忆涌了出来，伴随着那些很久以前的遥远的气味：香火、威士忌、刮胡水、蜡烛还有香烟。

一个宁静的夜晚，我戴着这条围巾，月光照在我们身上，把我们映成了银色。妈妈哼着梦幻的小曲，身子向后仰，眼睛半睁半闭。我碰了碰围巾，感觉爸爸的形象在房间里出现，来到我们身边，就像一场梦。

"你在想什么呢，妈妈？"我轻声问。

她笑了。

"就是想那些平时想的。想过去的布灵克波尼。美丽的教堂，高大的石头建筑。有尖拱的窗户，尖顶，还有十字架。过去的布灵克波尼真是个好地方。"

她摇了摇头。

"我还在想他。想他从头到脚穿着华丽，画着他的十字，念着他的祷词，祝福他的教徒，做着上帝的工作。人们都在那儿跪着，念圣经、唱赞歌，都觉得他是个大好人。"

我没说话。我从桌上拿起一块白色的翅膀，捏在手里，低头看着它。我把脖子上的围巾系紧了些。

"我第一次遇见他,也是我第一次正儿八经和他见面。第一次,我就闻到了他皮肤的气味,看到了他的眼睛,他还碰了我。"

她哆嗦了一下,然后接着讲。

我一直低着头摸着那一块翅膀。我听着妈妈讲,听她的声音讲出了更多的爸爸。就像大地给了我们更多耶稣和天使的碎片。

那时候我还只是个小女孩。但我已经到外面的世界去闯荡了,我很自豪。我离开了伊登豪斯,在布灵克波尼大街一头有了自己的一小块地方。我做着我从小时候就想做的工作,一个理发师。我在加布埃利那里当了一年的学徒。加布埃利先生喜欢我、信任我,说我的手感很好。他说顾客都被我吸引了,说我一定能走很远。

他很信任我,甚至让我带着我的剪刀和洗液去给一些特殊顾客上门服务。

一天神父家打来一个电话,他家就在教堂边上,就在艾登豪斯的拐角处。哈!这些地方对我来说曾经那么重要!可是都被末日那天的第一颗炸弹炸烂了。那天电话来了,去的是我。女管家多利·阿特金森给我开的门,她叉着双臂,上上下下地打量了我一通,问我是否真的是加布埃利先生派来的那个人。

"就是我。"我回答。

"你是干这行的吗?"她说。

我看出来她觉得我不是,我告诉她我就是。

她耸了耸肩,让我进了屋。她带我穿过走廊,走廊两旁摆着一排排圣人的雕像,屋里一股烧香、上光剂和蜡烛的气味。她敲了敲一扇高大的木门,然后打开门,引我进去。

"理发师来了,神父。"她说完就离开了。

他在屋里,穿着一身黑衣服。他坐在一张小桌子前,屋里阳光明媚,墙上贴着木墙板,窗户又高又亮。不远处的墙上挂着钉在十字架上受难的耶稣。

神父抬起他明亮的蓝眼睛看着我。

"进来吧,亲爱的,"他说,"非常欢迎你。"

一开始我几乎说不出话,也动弹不得,甚至连看都不敢看他一眼。我感觉到他在冲我微笑。

"我是威弗雷神父。"他说。

他刚来布灵克波尼没多久。我远远地见过他站在圣坛上,但从没像这样和他面对面过。

"你是维罗妮卡。"他说。

我结结巴巴地回答。

"是的,神父。维罗妮卡·迪恩。"

他说我已经声名在外。一说起我来,伊登豪斯的人都露出喜爱之情,加布埃利先生本人也很认可我的天分。

"谢谢你,神父。"我结巴着说。

我低头看着地板。他肯定在笑我,但他的声音很友好。

"我今天只要稍微修剪一下就可以了,"他说,"要不你过来,我们现在开始?"

我哆哆嗦嗦地把一块白布披在他肩上,盖住了他的黑衬衫。一个像我这样的小姑娘在这样一个地方!一个像我这样的小姑娘给他那样的人剪头发!

他低下了头,我一拿起梳子和剪刀,就像平时一样冷静了下来,开始干活。

他问我有什么志向,有什么信仰,我结结巴巴地回答了一些蠢话。我的手掠过他的眉毛时,被他抓住了一下。

"这真是一双有才华的手,维罗妮卡。"

"谢谢你,神父。"我轻声回应着。

他的头发乌黑乌黑的,你也知道。我给他上了发胶,用梳子梳整齐之后,他的头发看起来更黑了。细小的黑头发茬散落在他肩上的白布上。他的蓝眼睛闪闪发光,当他抓住了我的一只手,温柔的触感传来,他把理发钱塞进了我的另一只手。

"你很有天分,维罗妮卡,"他说,"以后你应该开个自己的店。"

他多给了我一枚金币,塞进我的手掌心。

"这是给你的,亲爱的。"他说。

我对他说谢谢。我又变得结结巴巴、哆哆嗦嗦,红着脸不敢直视他。但是我知道,他正亲切地对我微笑。他拿出一盒金色过滤嘴的黑色香烟递给我。

"不用了,谢谢神父,"我说,"我不抽烟。"

他抽出一根,给自己点上。我身边变得烟雾缭绕。

"你多大了,维罗妮卡?"他问。

"十七,"我回答,"十七岁,神父,快十八岁了。"

"阿门。"他轻声说。然后他又问我:"你信上帝吗,维罗妮卡?"

我一定脸红得厉害。我说哦,是的。我告诉他我祈祷,我去教堂,我也忏悔自己的罪过。

我记得他听后笑了起来。

"我敢肯定你去的次数不太多,维罗妮卡,还不太多。我说的对吗?"

我不知道怎么回答,他又笑了。

"对不起,"他说,"我不是想让你难堪。我看得出来,你是个好女孩。"

我想我肯定又说了谢谢。然后他捧起我的脸,用手指在我眉间比画了一个十字。

"维罗妮卡,"他说,"我对你很满意。"

他向我道谢,然后让我离开了。这就完了。

她又垂下了眼睛,叹了口气。

"这就是一切的开始,"她说,"我想,你的也是从这里开始。"

我想问更多,想知道更多,但是她陷入了沉默。我不知道该问什么,怎么问。

"大家说他是个圣人。"她说。她把手伸过桌子,抚摸着雕像的肉块、雕像的翅膀,抚摸着碎石和尘土。她轻轻地抚摸着这些破碎的、神圣的东西。

# 那我是怎么来的?

那天晚上我被猫头鹰的叫声和明亮的月光弄醒了。我的脑海中回荡着一个挥之不去的大问题。我走到妈妈床边,坐在她身边。

"那我是怎么来的?"我问。

她翻了个身。我知道她醒着,只是她不希望她儿子今晚问这个问题。

"比利,"她说,"回去睡觉。我下次再告诉你。"

"可是我怎么来的?你和爸爸怎么生出我的?"

妈妈没回答。我不打算回去睡觉。

"我是怎么来的,妈妈?"

"咕,"猫头鹰叫道,"咕咕咕咕。"

过了几分钟,我又问了一遍。她翻身回来,面对着我。

"唉,比利,要弄明白这个,你得先了解人的身体。了解身体能做什么,身体是用来干什么的。"

"身体能做什么,妈妈?"

"身体是个容器,承载我们的生命。"

"那身体是用来干什么的?"

"唉,比利,你现在还不懂。"

"咕咕。咕咕。"

"身体是用来干什么的呀?"

"身体能制造新的身体,比利。"

"怎么造?"

"讲了你肯定也不懂。"

"怎么造的,妈妈?你怎么把我造出来的?"

"唉,比利!"

她抱怨着坐了起来,让我把她床边桌子上那杯水递给她。我照做了,她喝了起来。月光透过薄薄的窗帘照进来,照得她眼睛闪闪发光。

"告诉我吧,妈妈。"我说。

她叹了口气。

"好,我就告诉你,告诉你也没用。因为你得想象你想象不出来的东西,弄明白你不可能明白的东西,还要看你不可能看见的东西。"

我笑了。自从我离开那个小房间,我就一直是这种状态。自从我出生那一刻,我就一直是这种状态。

"讲吧。"我说。

于是她开始讲。

"首先,"她说,"你要想象我那时候的样子。一个姑娘,一个漂亮姑娘。其实那会儿我比你大不了多少。那是我第一次给他剪头发之后的几个月。我十八岁了。那是夏天,我穿着一条蓝白色的花朵连衣裙。我的头发扎成了整齐的发髻,脚上穿着黑色高跟鞋,手上拿着红色的皮包。你能想象到吗?"

我看着她闪闪发亮的眼睛,看着她那被月光映得越发苍白的脸。是的,我能看见,真奇妙,我看见她过去的样子,阳光洒在她身上,周围是布灵克波尼的建筑,她走得很快,穿过身边的人来人往、穿过街道。

"是的,妈妈,"我说,"我能。"

"你能吗?你说能,就当你能吧。好了,你仔细听我讲。"

然后她开始告诉我更多故事。

## 妈妈身上奇迹降临

我,维罗妮卡·迪恩,穿着蓝白色连衣裙,再次前往神父的家。我已经去过好几次了。威弗雷已经来到布灵克波尼好几个月了,所有的人都很爱戴他。真是个好人,大家都说。他穿着长袍,那么高高在上,全身心地投入神父的工作,又优雅又高贵又彬彬有礼。你能看出他身上透着一股神性。他来到我们身边,对我们来说真是件幸事。

我待在神父家的时间不比第一次去的时候长。我来到神父家,梳头、剪头、抹发胶、拿工钱然后离开。他会告诉我他对我很满意,也会告诉加布埃利先生。

那天我像往常一样来到神父家,多利·阿特金森给我开了门。

她伸出手,拢了拢我耳后的一绺头发。

"这样好多了,"她说,"见威弗雷神父最好收拾利索点,是不是?"她说我的裙子真好看。她说我变得越来越漂亮了。"现在你认识路了,"她说,"自己去吧,宝贝儿。"

我穿过走廊,穿过那些小雕像,穿过一片香火、抛光油和蜡烛的气味。

他像往常一样等在那个十字架和高窗户的房间里。但是这次有些不同,他穿着他的法衣——一件又华丽又厚重的绿斗篷,肩膀上挂着金色的装饰。

他抬起一只手,但是没抬头看我。

"我刚做完弥撒,维罗妮卡,"他轻声说,"请你等等我。我必须通过特定的仪式,一边念特定的祷词一边把这些脱下来。等我做完了再说。"

现在我已经不那么胆怯了。我站在那儿,平静地等他。

他气喘吁吁、念念有词。他一边念着上帝和耶稣的名字,一边把斗篷掀过头顶,放在一张桌子上。他里面穿着一件白色亚麻衣服,很长很好看,像裙子一样。他继续念叨着祷词,解开了腰间的带子,把带子递给了我。他的眼神看起来很奇怪,像是做梦,又像是看着我身后很远的地方。他又脱下那件裙子似的亚麻衣服,举过头顶,一遍又一遍地祈祷。他把裙子叠起来,放在斗篷旁边。

现在他穿着黑鞋黑裤子黑衬衫和白领子站在那里。

他深深地叹出一口气,哆嗦了一下。他终于祈祷完了,在自己身上比画了一个十字,然后看着我,好像他才发现我进屋似的。

"维罗妮卡。"他说。

"神父。"

"对不起,"他说,"我得遵守这些仪式。"

他又叹了口气。

"有时候,"他轻声说,"我觉得我要变成圣灵了。我觉得我还差一步就要迈进天堂了。我觉得我就站在永恒的极乐世界的边缘。你明白我想说什么吗?"

我没法回答。我一点儿也不明白他想说什么。

他笑了。

"对不起,"他又一次道歉,"我看你拿着我的绳子呢,亲爱的。"

我说这是他给我的。

"是吗?"他说。

我伸手把绳子递给他,他摸了摸绳子。

"我穿在身上的这些东西是有含义的,"他说,"这根绳子,意味着我和大千世界之间的联系。"

我还是一点儿也不明白他想说什么,只是举着手拿着绳子。

他又笑了,眼神里闪闪发光。

"你是个好女孩,维罗妮卡,"他告诉我,"是吧?"

"是的,神父。"

他接过绳子,把绳子一头系在我手腕上,另一头系在他手腕上,这样我们就被系在了一起。他把我拉向他。我记得我离他的身体那么近,离他身上的气味那么近。我感觉很奇怪、很迷惑,我觉得我要晕过去了。

"你觉得大千世界离你更近了吗?"他在我耳边低语。

我无法开口,无法回答。

"你觉得永恒的极乐世界离你更近了吗?"他说。

他又开始念念有词,他的祈祷像咒语一样流进了我的耳朵。

他解开了绳子,绳子落在了我们俩之间。

他用手蘸了蘸圣油,揉在我的脸上、脖子上、胳膊上。

"让我给你祝福吧,维罗妮卡。"他说。

他念叨了一些奇怪的话,我听不懂。那些奇怪的话里混杂着我的名字,就好像我也成了那些祈祷、那些咒语的一部分。

他靠得很近，太近了。我向后仰着身子，靠在了放斗篷的那张桌子上。

"也许大千世界也可以成为极乐世界，"他说，"也许只有大千世界里才能找到极乐世界。也许这个地方就是天堂，维罗妮卡。也许我们可以让这里变成天堂。你觉得呢，维罗妮卡？我觉得可以。对，我觉得可以。"

我开始忘记自己在什么地方，忘记他是谁，我又是谁。

他的嘴唇贴在我耳边。

"我刚才在祭坛上创造了一个奇迹，"他耳语道，"现在让我来给你创造一个奇迹吧。"

# 鱼与蛋之谜

她仰头看着黑漆漆的天空。我想说话,但是她抬起一根手指放在我嘴上,让我别出声。

"那我到底是怎么来的,妈妈?"我终于忍不住问道,"怎么来的呀?"

她沉默了很久。

"他进入了我的身体,比利。"

"进入?"

"对,这就是身体和身体之间发生的事情。"

这么讲我怎么可能明白?可怜的我呀。我一遍一遍地想象这到底是怎么回事。

"但是……"

她又把手指放在我嘴上。

"他进来了。自从那天以后,他又进来了好多好多次。其中一次让我身体里有了你。"

"我?"

"对,你。一个小小的你,还只是我身体的一部分。那时候你还很小很小,肉眼根本看不见。"

她微笑起来。天上的月亮移动了,照在我们身上的光不那么亮了。

"这一切的结果就是你,"她说,"你是一个奇迹,说明这一切不仅仅是罪过。"

我已经听不太进去。我只是想呀想呀想呀想。

"可我是怎么来的?"我说。

"哦,比利·迪恩,你这孩子!"

她抬头盯着天花板。

"好吧,你听我说。"她说。

"我听着呢。"

"好。一个女人的身体里,有很多很多蛋。"

"蛋?像天上飞的鸟下的蛋一样吗?"

"对。而在男人的身体里,有很多很多小东西在游动。"

"像河里海里游泳的鱼一样吗?"

"差不多。对!就像河里海里游泳的鱼一样。"

我等她继续往下说,她沉思了一会儿。

"然后呢。"我说。

"然后,鱼和蛋在女人的身体里交融在一起,形成了一个新的小小的身体,最后长成了比利·迪恩。"

我们有一阵都没再说话。

"你懂了吗?"她说。

"懂了。"我说。

我继续思考着。

"我当然懂了。"我说。

我们都笑了起来,笑个不停。

夜晚结束了。猫头鹰的叫声停止了,鸟儿开始歌唱,天几乎亮了起来。

我照常起床后说:"世界真奇怪。一个谜解开了,又跳出来一个谜。"

"说得对,"她说,"你早饭想吃什么?"

"香肠。"我说。

"我也是。"

她吻了吻我,用她可爱的双臂紧紧地把我搂进了她可爱的怀抱里。

# 和死者打交道

有时候,在布灵克波尼的那些日子就像一团没有形状的迷雾。一件事和另一件事纠缠在一起。时间流逝、弯折、变形和扭曲。几天的时间感觉像是几个月,几个月的时间也可能只不过是几天。我以为有些事先发生了,其实它们可能是后来发生的。它们像是投在纸页上的阴影。它们像云团、像黑暗、像幻象。试图讲述它们,就像在一个从来没有光的地方投下一束光,就像从无形之中制造有形。我拨开迷雾创造光芒,我用铅笔写啊写,铅笔断了、钝了,我就把它重新削尖。一圈圈铅笔刨花从我手上滑落到地上。我又提笔放在纸上,继续开始写。有时候我不知道写什么好,我迷茫了,找不到感觉、形状或者是意义。每到这时,在纸上乱爬的铅笔就变得像只小野兽,绝望地在碎石堆里爬来爬去。直到它突然被什么东西吸引了注意力,一种气味或者一种声音,它才会停下来仔细听。比如,它听见了敲门声。

咚!

敲门声。

这敲门声在时间的迷雾中回响,它意味着我开始和死者打交道的第一天。

咚。

我和妈妈正站在马隆太太家门前。我的头发干干净净,梳理得整整齐齐。妈妈更用力地敲起了门。

咚！

没有回应。

咚！

她正想再敲一下，门突然开了。马隆太太在门后窥视着。

"我又不是聋子！"她说，"进来吧，威廉。"

妈妈想和我一起进去，却被马隆太太抬手拦下了。

"不是说你，"她说，"只有威廉、我，还有逝者的亲属可以进来。你晚上再过来接他。"

说完她关上门带我进屋，我们来到那个有着桌椅、窗帘和烛光的房间。她伸手托住我的下巴，前前后后地检查我的脸。她还看了看我脖子后面。

"很好，"她说，"你妈妈一直很擅长清洁。来穿上这个。"

她拿起一件白色衬衫似的衣服，帮我把衣服套过头顶，拉扯整齐。衬衫下摆耷拉到了我的膝盖上。

"你最好穿成白色，"她说，"白色会让人们联想到天使、灵魂、善良，还有我刚才说的纯洁。当然我还是穿黑的，代表我们必须面对的黑暗势力。等逝者亲属来了，我们再开始通灵仪式。现在你坐下来听我说。"

我在桌边坐下。

"整个过程都很简单，"她说，"你不用紧张，明白吗？"

"明白，马隆太太。"

"今天晚上，"她说，"有一对夫妇想找他们的儿子。还有一个失去母亲的女人。还有一位妈妈带着女儿,看来是要找爸爸。帮助他们实现愿望,既是我们的义务,也是我们的荣幸。"

她从桌子下面拿出通灵板,放在桌子中间。她把灯点上了,桌子亮了起来,桌边的字母闪闪发光。

"现在我们来复习一下,"她说,"这些字母念什么。"

她指字母,我念出我认识的。现在我差不多可以认全了,她很满意。她慢慢地推着通灵板在桌上转,冷不丁地指向某个字母,考我认不认识。我认识,我就回答。我发现我记住的字母更多了。但是我总是要停下来慢慢想,而且我总是念错。

"不算太差,"她说,"但是你得提高速度了,威廉。有些灵魂快得就像闪电一样。"

为了让我明白,她让通灵板在水面般的桌子上嗖嗖地转了起来,通灵板戳上一个又一个字母,快得根本看不清。

"你明白我是什么意思了吗?"她说,"有些幽灵太兴奋了,疯疯癫癫的。有些幽灵懂得拼写,有些不懂,还有些幽灵一旦进入仪式,就忘记怎么正确拼写了。所以要靠我们这些灵媒,我们是生者和死者的中间人,我们要弄明白幽灵的话语。这是我们的责任,威廉。你明白吗?"

"明白,马隆太太。"

"好。你想来杯威士忌吗?"

"威士忌?"

"你肯定不喝。我一般都会在仪式开始前喝上一两杯,提提神。"

她倒了些威士忌在玻璃杯里，大口喝了下去，然后又倒了一些。

"你不用报上名字，威廉。"她说。

我看着她。

"我会告诉他们，你是一个访客。然后他们会联想很多，比如认为你是从别的地方来的访客，那里的人更了解幻想世界，或者干脆认为你就是从幻想世界来的。我们就叫你天使之子，剩下的随他们想去吧。你明白了吗？"

"明白，马隆太太。"

"我还得提醒你注意自己的行为。你千万别犯傻，要坐稳，要严肃，表现出尊重，你要露出那种纯洁和圣洁的神色。不过这不用我说，你本来也是这样。不是吗？"

"是吗，马隆太太？"

"是的，没错。你太适合这个角色了，威廉。这是你命中注定的，不是吗？"

"是吗，马隆太太？"

"当然是了。你得记住了，通灵板只是个工具。死者要和我们产生联系，还有很多很多更深入、更直接的方式。这些都可能在通灵板在桌上移动的时候发生。如果没发生，我们等通灵板仪式结束，我会让你一动不动地闭着眼睛坐一会儿。你坐着的时候可能会被附身。你听不懂我说什么，是不是？"

"不懂，马隆太太。"

"不懂。附身是指幽灵向你现身，甚至通过你来说话，控制你的身体和大脑。你听懂了吗?"

"不懂,马隆太太。"

"现在你不懂就对了,等你真的被附身了,你就懂了。他们只会附在最有天分的人身上,那些人的灵魂和宇宙相连。我觉得你就是这些特殊能力者的一员,威廉。"

"谢谢马隆太太。"

"当你被附身的时候,死者的灵魂会进入你的身体。你会失去自我,会变成另外一个人。"

她停下来盯着我看。

"我对你寄予很大期望,威廉·迪恩,"她说,"我一直感觉你不太一样,从你在末日出生的那一刻起,我就一直这么觉得。为什么你会在那个灾难的时刻降临这个世界?你身上,还有你的眼神里有某种特殊的东西。你来到这个世界上是为了完成某种任务。你有着复杂的出生背景、奇特的人生经历,我把任务交给你这样一个男孩,再合适不过了。你明白吗?"

"不明白,马隆太太。"

"'不明白,马隆太太。'你不明白就对了。但是说不定你会非常乐在其中,说不定你会产生很大的满足感。现在我们要做的,就是再等上一会儿。"

她又大口喝起威士忌。

"你想吃点东西吗?"

"不用了,谢谢马隆太太。"

"好。我猜你满肚子都是屠夫家的排骨和香肠。你想喝点水吗?"

"是的,谢谢。"

"不,谢谢;是的,谢谢。你可真有礼貌。我女儿一定也会这么有礼貌。你说是不是,威廉?"

"是的,马隆太太。"

"一定是。"

她给我倒了些水,又大口喝起威士忌。火光悬在闪闪发亮的桌子上,发出嘶嘶的声音。

"有个孩子一起坐在家里真好。"她说。

外面传来海鸥的尖啸和远方的叮叮当当声。

"过去我经常和我女儿坐在这个房间里,"她说,"就像这样。那时候房间里还没有圆桌,没有字母、通灵板还有那些深色窗帘,只有一扇漂亮的大窗户,有光照进来。过去的世界是这样的。我们只是两个普通人,坐在一个普通小镇的普通小房间里。有时候我想象,或者是妄想自己能回到那些遥远的日子,过那种普通而美好的生活。我甚至试着像过去那样唱歌。我曾经唱得出那么甜美的歌,现在发得出的却只有呱呱叫。我的声音没法再歌唱,双脚也没法再起舞。但是你来了,我终于能找回一点过去的感觉和记忆。真好。"

她大口大口喝着威士忌,又倒上了一杯。

她开始用颤抖的嗓音唱起歌来。

"世间万物明亮又美好,无数生灵有大也有小,所有一切智慧与奇妙,是上帝……"

她突然停住,笑了起来。

"你看,"她说,"呱呱叫,像青蛙似的。别提了。"

她又喝了一大口。

她注视着我,好像我和她之间隔了好几里那么长。

"我就是在这个房间第一次听说了你的存在,威廉·迪恩。"她温柔地说。

她大喝一口。

"那是一个寒冷的冬夜,"她说,"趁着逝者亲属还没来,我快点告诉你。你仔细听,不过也别忘了留意敲门声。"

# 一个烦恼的女孩

我从你妈妈还是个小婴儿的时候就认识她了。那时候我还很有爱心。我成长在对教堂的虔诚信仰中,内心充满了社会责任感。我成了护士,在城里的大医院工作。我是伊登豪斯的教友。我常常去看望那里的孩子们——他们都是孤儿、弃儿和被爸爸妈妈丢掉的孩子。他们小的时候,我给他们念书听,帮他们擦鼻子,检查他们的嗓子,告诉他们,说他们都会长成了不起的人物。等他们长大些了,我会给他们提建议。等他们快要走进社会了,我会请他们到我这儿来喝喝茶。你妈妈小时候就是个理发好手,我过去常常让她拿我练手。我现在还记得她的小手指碰到我的感觉。我能感觉到她梳着我的头发,她的剪刀咔嚓咔嚓响。后来我有了我女儿黛西,你妈妈还时不时过来找她玩。

啊,那些日子多快乐,多快乐。

后来你妈妈成了加布埃利的学徒,我别提有多骄傲了。再后来她在布灵克波尼大街有了自己的小房子,我高兴得不得了。虽然她有点胆小,有点害羞,而且又年轻又天真——但是她已经迈向外面的世界了。我自己也在不断地变老。我的很多爱心都被消磨光了。我的内心变得更冰冷,想法变得更无情,我的行为也开始变得不太好了。

我想这一切主要是怪黛西的爸爸——一个消失不见了的丈夫。

哈！不过现在不是讲那个混账小人的时候。

我看着黛西，看着像你妈妈一样的年轻人，我会觉得这世界上还有很多的善良。我还能相信善一定会战胜恶。我还以为世界上所有的坏蛋都会被打倒。哈！哈哈！我真是太天真了！我居然还相信什么上帝！想想吧。哈！帮我把威士忌递过来。我还得再喝一杯，才能接着讲后面的故事。

那是一个寒冷的冬夜。黛西八岁了，她正准备上床睡觉——换上她印着小鸭子的红睡衣，抱着她的泰迪熊，喝上一杯牛奶。我正在给她念一个傻故事，讲的是很远很远的岛上住着一些长翅膀的人。外面的寒风呼啸着穿过布灵克波尼的街道，雪花开始飘落。

有人敲门，是你妈妈维罗妮卡。她的头发被风吹得乱七八糟，上面落满了雪。我让她进来，帮她脱了外套。她几乎不敢抬起眼睛，说不出话，浑身抖个不停。

她跌进我怀里。

"怎么了，亲爱的？"我说。

"对不起，马隆太太，"她抽泣起来，"我不知道除了你我还能找谁。"

我把黛西哄睡了，然后回来找你妈妈，但是她不肯告诉我发生了什么。她说她现在还不能说，因为还有一个人在来这儿的路上。我们坐在那儿，外面的风都开始平息了。我不知道该怎么办。我们不能像两尊雕像似的就这么坐着。突然又响起敲门声，神父站在门外，他强壮、英俊，穿着一身黑，出现在闪烁着点点星光的夜色里。

他进了屋，很平静地跟你妈妈打了个招呼。我给了他一杯威士忌。他点燃了一根黑色的香烟，用力抽了一口，然后开口道：

"这个姑娘遇上麻烦了，马隆太太。"

他明亮的蓝眼睛盯着我看，仿佛要把我穿透。

"这事儿谁都可能会碰上。"他说。

我开始明白是怎么回事儿了。

"是谁的？"我问。

"我不知道，"维罗妮卡说，"谁的都不是，马隆太太。"

"谁的都不是？"我说，"那这是处女产子……"

哈。我沉默下来，看着神父。他只是平静地看着我，从鼻孔和牙齿缝里吐出烟雾来。

"多亏了上帝的恩赐。"他说。

他的眼睛里甚至闪过了一丝笑意。

"我们得发发慈悲，"他说，"你说是不是，马隆太太？是不是？"

然后他说他会带我们做一小段祈祷。他双手合十，我们也双手合十，他祈祷上帝的理解、原谅和仁慈。

然后，威廉，我得承认我小声说了一句，"你可以把它拿掉，维罗妮卡。"

哦，这个提议让她惊恐地呜咽了起来。她用手捂着脸，哭得悲痛欲绝。神父呢？他看着别处，抽了几分钟的烟，然后转过脸来看着我。

"再说一遍。"他小声说。

于是我搂住那姑娘,又说了一遍。

"不行,马隆太太,"她哭着说,"我做不到。"

我知道她说的是实话,神父也是。然后我记得我蹲了下来,把脸贴在你妈妈的肚子上,对里面那个缩成一团的孩子、对这个等待出生的小故事轻声说:

"别担心。我们会照顾你的,小东西。"

你爸爸熄灭了烟头,他把手放在我和你妈妈的头上。

"这个孩子是上帝送来的,"他说,"上帝选中我接收和保护这个孩子。我们会想办法让这个孩子在上帝的荣光中长大。"

"谢谢你,神父。"你妈妈说。

"别担心。"他的语气像是在跟一个孩子讲话。

没过多久,我给维罗妮卡穿上一件羊毛旧外套。我拍拍她的肚子,亲亲她的脸。我给了她爱和关怀,让她回到寒冷的冬夜里去。我让她回家老实待着,告诉她问题都会解决的。

我关上门转身面对神父,他的头发乌黑,眼睛发亮。

"有时候,"他说,"我的职业对我来说是一种折磨。我得告诉你,我一直觉得上帝给了我一个任务。大家已经开始说,我早晚有一天会成为大主教。但是这对我来说还是不够。尽管如此,我很清楚自己没法抛弃尘世。我的命运将不同于其他的神父。"

他递给我一根黑色的香烟,我们抽了起来。

"过去可没有这么难。"他说。

"过去?"

"对。过去的神父并不是一个精神象征。过去的神父是这个世界的一员，有着血肉之躯，有着普通人的权利。"

他靠得更近了。我的确感到他身上有一种力量，威廉。那种我在他儿子——也就是你身上也感受到了的力量。我感到他已经开始创造那个特殊的秘密小世界，而你是这个小世界的中心。

"也许一切都是命中注定，"他说着笑了，"我常常发现自己内心深处有个愿望，我想要个儿子。"

我说也可能是个女儿，他说不，一定是儿子。他凝视着灯光，我们一起抽烟。他陷入了沉思。他坐得离我非常非常近。

"你会帮我们处理这件事吗？"他说。

"会的，神父。"我轻声说。

"我们要对这件事保密，好吗？"他说。

我笑了，告诉他不行。我伸出手，在自己身上比画着大肚子的样子。

他叹了口气。

"这个当然瞒不住，但是我一定要和这件事撇清关系。"

我当然同意了。

他又沉思了一会儿，笑着说：

"我有办法了。我们编个故事，就说那些路过布灵克波尼的野小子诱惑了这姑娘。这很正常不是吗？这种事不是经常有吗？"

我说对，这种事当然经常有。我说人们一丁点儿也不会感到吃惊。人们只会说，有其母必有其女。人们会说她也只不过是个妓女的孩子。

我说这话的时候他笑了，还在我胳膊上轻轻打了一拳。

"你怎么说我儿子的妈妈呢!"他说。

我也咧嘴笑了,小声说:

"我们也可以说这是恶魔干的,威弗雷神父。"

他笑了。

"当然可以了,马隆太太。我们当然可以这么说。"

那姑娘和她的宝贝孩子还有恶魔的话题到此为止,然后,哦,该死的,我们干了些事情。当我女儿黛西一无所知地在楼上睡觉的时候,我们干了很多蠢事情。

马隆太太叹了口气。她隔着亮闪闪的桌子看着我,她的手指抚过那些亮闪闪的字母,她大口大口喝着威士忌。

"我们都是该死的傻瓜,威廉,"她说,"学会字母和数字之前,你要先记住这一点。人太容易被引诱、被欺骗、被迷惑,太容易相信那些愚蠢的事情。罪魁祸首不仅是想上天堂的幻想,还有明亮的蓝眼睛、黑色的香烟、耳语般的祈祷,还有关于神圣、职责和命运的那些鬼话,还有在黑衣服的衬托下越发显眼的白领子,还有那些花言巧语……"

"他也进入你的身体了吗?"我说。

她眨了眨眼。

"啊?"她说。

"威弗雷神父,我爸爸,他也进入你的身体了吗?"

她拿起杯子猛喝一口,瞪着我。

"你懂什么?"她说。

我没说蛋和鱼的事情，我只是重复了一遍我的问题。

"他也进入你的身体了吗？像进入我妈妈一样。"

"嗯，"她终于说，"没错。"

"进入了很多次吗？像我妈妈那样。"

"啊？嗯。"

"那他怎么没有在你身体里留下一个比利·迪恩？"

"没有，没有。哦来了！两声敲门！谢天谢地！逝者的亲属终于来了。"

# 黑暗王国的寂静

逝者亲属走了进来，在闪闪发亮的桌边坐下。我们开始寻找死者的仪式。

马隆太太调暗了嘶嘶作响的灯，让落在桌子和字母上的光更柔和。

"这是我之前说的那个男孩，"马隆太太说，"他终于能来看我们了。他是个特殊的男孩，能出现在黑暗世界，还有像这样的超自然时刻。他是个很有天赋的孩子，人们都叫他天使之子。"

我不敢抬头看他们的脸，我只看见他们的身子和胸膛。我看到他们伸出胳膊，把手指放在通灵板上。我听见他们害怕地喘着气。

"他很腼腆很安静，除非被幽灵上了身，"她说，"我们让他顺其自然，不要给他压力。如果有必要，他会在适当的时机主动行动。天使，请你把手指也放到通灵板上来。"

我伸出胳膊和手指。其他的手指默默地移到一边，给我让出位置。

"有人吗？"马隆太太说。

她的声音变得更低沉、更哀怨。

"有人吗？？？"

我听见其他人气喘吁吁的声音，既出于希望，又出于害怕。我听见他们在窃窃私语。求你了。哦，过来吧。回到我身边来吧。通灵板开始移动。它在亮闪闪的桌面上转着圈滑动，我们也跟着它前后晃动着身子。我们的影子在墙上晃来晃去，忽隐忽现。通灵板碰到了字母，我们就念出来。我抬起眼睛看其他人的脸，我看到他们的表情那么惊恐，又那么忧愁，我看到他们是有多绝望，才会到这死亡世界的边境来。

通灵板滑得越来越快。人们喘息、叹息、抽泣或者轻笑。他们念着字母，拼出句子和讯息，拼出他们失去的那些人的名字。

马隆太太大声念出来自死亡世界的讯息。

"我在这里很开心，来自奥利弗。好消息。"

"别再难过了，爸爸。"

"这应该是个小女孩。对！叫艾莉森。她说那边的世界一切安好。"

"你们要善良，要温柔地对待彼此。"

"死亡不意味着结束。"

"哦，我相信昨天。来自哈罗德和艾琳。"

"我现在和丹叔叔、简阿姨在一起。"

"靠近水边的时候千万要小心。来自约瑟夫。不，约瑟芬。"

"我想念奶酪的味道。埃德蒙说的就只有这一句。"

过了一会儿，通灵板的速度慢了下来，渐渐停住了。马隆太太告诉大家，现在黑暗世界里只剩下一阵沉寂。死者暂时离开了我们。

"天使，"她小声说，"天使！"

我反应过来她是在叫我。我抬起眼睛。

"有什么发生了吗?"她说。

我回望着她,摇了摇头。什么也没发生。

有个人起身朝我走过来,是个泪眼汪汪的女孩。

"真的什么都没有吗?"她说。

我看着她,不知道该对她说些什么。

"我叫玛利亚,"她说,"我要找乔治,我爸爸。他没有什么话对我说吗?"

我摇摇头。

"什么都没说吗?"

"没有。"

一个女人来到玛利亚身边。

"我是她妈妈,"她说,"我叫克里斯蒂娜,真的什么也没有吗?"

"没有。"

"下次会有吗?"她说。

我伸手握住了她的手,她的皮肤很柔软。

"会的,"我告诉她,"下次会有的。"

她悲痛地紧紧握住了我的手,她看我的眼神,就像是渴求我在说些什么。我又握住了女孩的手。

"我好想念他,天使。"她说。

"我知道,"我回答说,"我知道你们都很想念他。"

我说出这话的瞬间,突然意识到天使之子的职责是什么。我想,既然一个通灵板可以胡言乱语,那么比利·迪恩一定也可以。于是我歪了歪头,假装在倾听空气里的什么声音。

"他一定很爱你们,"我轻声说,"他一定也在想念你们。"

"是吗?"她说,"他还在想着我们?你确定吗,天使?"

"嗯。是的,他还在想着你们。我敢肯定,玛利亚、克里斯蒂娜。你们放心吧。"

真奇怪。我好像知道自己该说什么话。这些话对那个女人和她女儿影响巨大,但是对我来说只不过是空话。

那个女人吻了吻我的眉毛。

"你的眼神充满了善良和理解,"她说,"我相信你一定也有自己的烦恼,天使。"

我垂下眼睛。

"我有,"我轻声说,"我有很多很多烦恼。但是我们一定会克服这些烦恼。"

"是的,"她回答,"靠勇气和祈祷,我们一定可以。但是这真的好难,太难了是不是?"

"是的,克里斯蒂娜,"我说,"但我的心与你们同在。"

"谢谢你,天使。哦,谢谢你。"

马隆太太走到她们身边。她挽起克里斯蒂娜的胳膊,带领她俩离开了。

不一会儿,所有的逝者亲属都走了。我听见马隆太太转动钥匙锁上了门,回到我身边。

"我对你很满意,威廉,"她说,"你对那个妇人和女孩非常亲切。"

"谢谢你,马隆太太。"

她打开亮闪闪的桌子的抽屉,放了些钱进去。

"很可惜这次没有幽灵上身,"她说,"不过不着急。我们有的是时间。"

她倒上一杯威士忌。

"你为我再试一次吧,"她说,"闭上你的眼睛,凝视黑暗。你听听有没有一个声音,像小鸟一样甜美的声音。"

我闭上眼睛,凝视着黑暗世界。

"找找我女儿的声音吧,"她说,"找找我的黛西。你听见什么没有?"

她以为我在找、在听她女儿的声音,其实我是在寻找爸爸。我巡视着头脑里的黑暗,这片黑暗似乎要从这里向各处延伸。我在一片黑暗之中看到奇怪的光在旋转,看到有影子在摇动,我看到记忆的碎片,还有梦。我试图从一片黑暗之中分辨出他的黑衣服,分辨出他明亮的蓝眼睛。我集中精力。我默默地在心中大喊:"爸爸,你在哪儿爸爸?是我!是你的儿子比利呀!"但是,我什么也没看到,也没听到任何回应。

我睁开了眼睛。

"没有,"我告诉马隆太太,"黑暗王国里只有一片寂静。"

她叹了口气。

"会来的,威廉。通灵板已经打开了死后世界的大门,一定会来的。"

她喝了一大口威士忌。

"世间万物明亮又美好,"她唱道,"无数生灵有大……"

她停了下来。

"你妈妈告诉你威弗雷神父进入她身体的事情了?"

"是的。她告诉我人的身体是怎样制造新的身体的。"

"这也说了?"

"是的。所以你女儿黛西的出生,也是因为有什么人进入你的身体了。"

"那个该死的混蛋乔,"她说,"看来关于这个世界的事情,你学得很快呀,威廉·迪恩。"

门上响起了妈妈胆怯的敲门声,我跟她穿过黄昏的薄雾回了家。

"还好吗?"她问。

"很好。现在通灵板已经打开了死后世界的大门,以后会更好。"

# 比利·迪恩的画像

一天,我们穿过布灵克波尼的薄雾往家走,路上遇见了艺术家伊丽莎白。路边有一座破房子,房子的破窗户里发出昏暗的光。我走到窗前朝里看,我经常像这样朝窗户里面看。我看见伊丽莎白趴在里面的地板上。壁炉里生着火,把她的脸照得金黄。她转过身,我们的眼神交汇了。她抬起一只手,示意我等一等,然后拿着一个本子朝我走来。

我们隔着窗户的破洞,你看我我看你。

"你们在那儿做什么呢?"她问。

"哪儿?"

"马隆太太那儿。"

"我们在那儿寻找死者。"我说。

"那你看见什么了?"

"什么都没看见。"

我发觉我在笑。

"确确实实什么也没看见。"

她打开手里的本子,小心翼翼地穿过锋利的玻璃尖头斜着递给我。我接过本子,看到她画了两个正在离开的人。妈妈笑了,画的是我们。

"我还画了好多你们。"伊丽莎白说。

她想伸手翻页给我看,但是窗户的缺口太小,玻璃太锋利。

"往后翻,"她说,"你看。"

我翻动纸页,看到她画的布灵克波尼,有人、生物、建筑,还有废墟。接着,我看到一个人,她说这是我。

"我不知道我为什么要画,"她说,"好像有什么力量驱使我去画。而且我想画得更漂亮。你看,在我眼里,寻宝人也很漂亮。你看他俯身看着地面的样子,你看蓝天衬出的他的身体的形状。你看还有,这是屠夫麦考弗雷先生。你看他身子又大又宽还有肌肉。还有那些飞在高处的优雅的小鸟,飞在一张白纸的一片空白里。"

她伸出手,我把本子斜着递还给她。

"我也不知道我为什么要给你看画,为什么要给你讲这些,"她说,"不知不觉就这么做了。"

她身后的火光让她看起来像一团阴影,我身后火红的天空一定也让我变成了一团阴影。我们对视了一会儿,然后我和妈妈离开了。

现在回想起这些,写下关于她的事情,我好像又回到那个窗户的破洞前,朝里面看。

像她画下我的样子一样,我写下她的名字。

伊丽莎白。伊丽莎白。

# 变长的头发和错别字

时间一天天过去，我在快乐和自由中长大。我跟着妈妈去剪发，从一家走到另一家。我开始了解她的顾客们，她们住在又小又破的公寓，或者遭到破坏的房子里，她们家里有的摆满了早已不在的亲人的照片，有的在墙上挂着画，画着开满鲜花、充满绿色和阳光的地方。我坐在沙发上喝果汁、嚼饼干或者吃糖果，妈妈则给顾客们刷啊、剪啊、梳啊、洗啊，跟她们闲聊瞎扯，或者是说悄悄话。我开始渐渐了解造型、洗头、剪发、吹风、烫发、挑染和拉直。

艺术家伊丽莎白无处不在。我们在尘土上发现她涂画的痕迹，看着它们是怎样被风和时间卷走。我们在墙上看见她的画，画着人们拉着手、三五成群、互相拥抱。有天她朝我们跑来，给了我们一张从她的本子里撕下来的画，画的是我和妈妈。我们把画贴在了厨房的墙上。

她说她早晚有一天要离开布灵克波尼，回归过去四处游荡的生活，但是她依然停留在这里。

我的头发越长越长，就像杨科维亚·亚卡波斯卡说的那样，时间确实在流逝，这一切确实是真的。我的头发长过了耳朵，长过了脸颊，卷曲着爬上了我的脖颈。到了晚上，我经常坐在妈妈脚边，让她帮我修剪发梢，她一边梳理一边说我的头发真漂亮，说她真高兴有个头发这么漂亮的孩子。说着说着她停住了。

"孩子?"她说,"马上就该叫你年轻人了。我马上就该改口叫你威廉,像马隆太太一样。"

"一直叫我比利吧。"我说。

我歪头靠在她身上,让她再多帮我梳梳和剪剪头发,让她再多做些这种充满爱与和平的动作。

一天又一天、一个星期又一个星期过去了,我越长越强壮。在碎石和尘土中行走再也难不倒我了。我腿上和胳膊上的肌肉更结实有力。麦考弗雷先生捏了捏我的肌肉,感叹说我长成这么健壮的小伙子了。他说我不愧是我爸爸的儿子——强壮、挺拔、英俊,但是我和爸爸不一样,我的英俊是由内而外的。

"可能我不该说这些,"他说,"是你爸爸把我们引上了歧途。他迷惑了我们,欺骗了我们。他说他能看见人心中的善,但他却藏起了他自己内心中的恶。"

"他死了吗,麦考弗雷先生?"我问。

"也许他死了更好,比利。如果你觉得他死了,你就能忘掉他,这样当然更好。这话我不该说,可我还是要说。"

在他的店里,他跟我解释怎么剖开羊肚子,怎么切出肝脏。他拿书上的图给我看,告诉我怎么从牛的头骨里取出脑子来。他还告诉我怎么给一头猪放血,怎样把调料放进去并搅拌,最后做成血肠。他说要是在过去,他可以给我拿真的动物的身体、骨头和骨架给我练手,但是这样的日子早已一去不复返。他把这一切告诉了我,把这些知识都传给了我,让过去的日子能够通过这种形式继续存在。

我和他一起干一些比较简单的活儿。我和他一起剁牛排。我把香肠碎肉压成肠衣，我把碎肉切得更碎。我把肉从骨头上切下来，再把肉切成片。我敲开骨头，取出骨髓。我把火腿、培根和牛舌切成薄片。

我们紧挨着彼此站在一起，一起干活儿，一起想象，一起做梦，他给我讲故事，讲他那一套关于动物和世界的想法。我们像这样在一起的时候，我发觉我会想，有个像样的父亲应该就是这个样子。而且我敢肯定，麦考弗雷先生肯定也在想，有个儿子一定就是这个样子。

我也在肉铺写字。我把纸铺在他的剁肉板上写句子，他帮我纠正。我试图回想那时候写下的句子，以及他是怎么纠正我的。

小羊高在草弟上。

小羊羔在草地上。

小牛读在田也上。

小牛犊在田野上。

我跟他说，这些字的正确写法看起来好奇怪，还是错字顺眼。我们常常因为这个笑起来。

香长，我写道。

香肠，他纠正我。

古头。

舌头。

大肚。

大脑。

心庄。

心脏。

有一次我们笑着笑着,他突然一把搂住了我。

"我还以为我失去你了,"他说,"我还没找到你,就以为我已经失去你了。"

"怎么会呢,麦考弗雷先生。"

"我看着你妈妈的肚子大了起来。我知道她肚子里有了个孩子,是谁的我不管。有些人开始绕着她走,骂她各种难听的话。可她只不过是个可爱姑娘,现在肚子里有了个可爱婴儿。然后就发生了爆炸,她说你死了。"

他把我抱得更紧了。

"我后来去找她那么多次,你就在那堵墙后面——在这一片荒芜的废墟里,有一颗小小的、跳动着的善良的心。别离开我们,比利。长大变强吧。保护好你自己。"

# 一把作为礼物的刀

麦考弗雷先生还教会了我各种事情,他告诉我动物美丽、善良又诚实。动物不会炸死别的动物。动物不会引别的动物走上歧途。动物不信什么天堂,也不信地狱。动物不会迷惑,也不会欺骗。

他说我长着屠夫的手指,有屠夫的手感,使用屠刀的方式也很熟练。

有一天,他送给我一把属于我自己的刀。送的时候他的眼里泛起了泪光。他说,很久很久以前的某一天,他爸爸也像这样送给了他一把刀。

"保持锋利,"他说,"保持尖锐。就算那些动物已经死了,它们也应该受到最用心的对待。"

"是的,麦考弗雷先生。"我回答,我意识我差点脱口而出"是的,爸爸"。

"但是你要找到适合自己的使用方法,比利,"他说,"也许你会用这把刀干别的。也许到那时候就没有屠夫了,也许麦考弗雷将会是最后一位屠夫,之后再也没有屠夫了。世界是一个屠宰场,我们每个人都扮演着自己的角色。但也许这一切很快就会结束。也许动物们终将获得自由,在这个神奇地球的草原和田野上找到属于自己的天堂。也许这才是正确的,这才应该是事物的终结。"

# 圣人们现身了

大地给了我和妈妈更多发现。

我们找到了这些碎片：

圣帕特里克的半个头，上面还连着光环。

圣弗朗西斯的脸和胡子。

圣詹尔士的跛足的一小部分。

一支箭，肯定是插在圣塞巴斯蒂安身体里的那支。

很多光环的碎片，还有天使翅膀的羽毛。

还有大把大把不知道是哪里的碎片，连妈妈也认不出来。

我们把能粘的碎片都粘了起来。我们用水把布灵克波尼的尘土和成黏土，填进雕像身上的洞里。我们用电线和丝线绑上缝上系上。妈妈找来很久以前她小时候用的颜料，我们给雕像的裂缝、刮伤和擦伤重新上色。

我们变得越来越擅长创造、修补和上色。

妈妈越来越多地记起过去的日子，一个碎片串联起另一个碎片，一个又一个。

我们一边干活，一边听妈妈给我讲故事，那些神奇的故事对我来说毫无意义。比如，她告诉我圣帕特里克怎样把所有蛇都赶出了圣岛；说圣西门怎样独自一人在小屋里不吃不喝许多年，怎样在一根巨大的柱子顶端不眠不休；圣凯瑟琳如何破坏了迫害她的车轮，最终被斩首；圣乔治如何向毒龙投出他的长枪；圣库斯伯特如何和天使们一起行走于圣岛之上。

她说不，她不知道这些故事是不是真的，但是她敢肯定这些故事揭示了某种真理。她咧嘴一笑。也许这些故事背后的真理，就是人连这么愚蠢的谎话都会信。

她说圣人和我们一样也是人，只不过他们身上有更多力量和神性。他们经历了更多的痛苦和不幸。就算是面对事物最阴暗、最可怕的一面，他们也能找到快乐。他们在最可怕的地方看得到天堂，在最糟糕的人身上看得到上帝。我问她圣人现在还在世上吗，她说不在了。他们活在很久很久很久以前。

我们给雕像贴上标签，因为她说以前雕像还在教堂里的时候就贴着标签。雕像摆满了我们的厨房。厨房桌子上的一个钩子上挂了一个天使。门上钉了一个十字架。走廊里站着胡子长长的圣彼得。窗台上放着一尊圣母玛利亚的小雕像，她冲我们微笑，眼里满是温柔和善良。

我们还是没找到耶稣的头。我们继续找。我们知道，等耶稣的头找到了，我们的工作就完成了，我们的幸福也就圆满了。

# 冬天的词语

　　那几年的生活充满了碎片——雕像的碎片、时间的碎片、故事的碎片，它们黯淡下来，迎来了终结。到了夜晚，冰霜爬满了布灵克波尼的大地，闪闪发亮，像天空中的星尘。泥土冻结变硬，和碎石紧紧冻在了一起，我们没法扒开石头继续翻找了。每天早上我醒来，都会发现碎裂的窗玻璃上开出一朵朵漂亮的冰花，给外面一堆堆石头蒙上了一层面纱。

　　我走到外面。我嘎吱嘎吱地走着，时不时地脚底打滑。我穿着一件大得不像样的外套，戴着一顶大得不像样的帽子。我把那条黑边围巾紧紧地围在自己的脖子上。生火的烟从烟囱里、开裂的屋顶和破败的墙壁里冒了出来。有时候我站定了眺望城市，看到那里也冒着黑烟，但是我没法知道，那是来自温暖的炉火，还是来自战争的硝烟。

　　在比城市更远的地方，在海面之上，那些破坏机器还在飞舞，继续完成它们可怕的任务。

　　我们用面包和香肠里的肥肉喂鸟。

　　麦考弗雷先生给了我们些肉，让我们带给妈妈的顾客。

　　马隆太太家还是有逝者的亲属不断到访。他们还是试图通过神秘的通灵板寻找自己失去了的亲爱之人。他们看着我的眼神还是充满了渴望。他们的声音因恐惧而动摇，因寒冷而颤抖。我没有被附身，我对逝者的亲属说各种亲切的话。我握住他们的手，看着他们的眼睛。我闭上眼，我什么也看不见，什么也听不见。我看不见爸爸，我只看得见一片空空荡荡。我没有被附身。

一场大暴风雪悄悄到来。雪连续下了好几天好几夜，布灵克波尼的废墟被盖上了一层厚厚的白被子。远处的山是白的，荒野是白的。远处的海还是黑色。到了夜晚，那里有光来来回回地转。我和妈妈瑟瑟发抖。我们互相说，等太阳出来了，我们就穿过城市到岛上去。尽管我们这样说，其实不知道自己要不要去。我们从破房子里捡破木头来烧，我们把外套穿在里面，紧紧挤在一起取暖。

雪停了一阵，阳光又洒满大地，我们发现一切都那么美。我们走在雪上，脚下不会发出声音。我们看不到爬来爬去的动物，也看不到任何一株细小的植物。我们看到雪地里人们留下的足迹，就像一行行奇怪的读不懂的句子，来来回回爬满了布灵克波尼的大地。我们看到鸟儿参差不齐的脚印，很美。我们的呼吸缓缓地漂浮在死寂而又冰冷的空气里。我们的声音似乎也被冻在了原地。

一天早晨，我们走到杨科维亚·亚卡波斯卡家，发现她走了。她躺在床上，一动不动。妈妈哭了。我们叫来马隆太太，她把杨科维亚的身体清洁干净，准备入土。妈妈给她梳了最后一次头。我们用毛毯把她包起来，叫麦考弗雷先生来搬运她。他在飘落的雪花中扛着她，我们跟在后面，像一支小小的队伍——我、妈妈、马隆太太，后面稍远一点儿的地方跟着艺术家伊丽莎白。

麦考弗雷先生把杨科维亚带到一个地方，他说这里是布灵克波尼最深最黑暗的洞穴之一。他把杨科维亚带了下去，先是来到一个过去是很深的地下室的地方，然后带她去更深处，他说下面更深的地方是古老的深渊。

我们留在地面上，唱着"世间万物明亮又美好"。

雪停了，太阳出来了，鸟儿开始歌唱。

麦考弗雷先生从地底出来了。

我们穿过明晃晃的雪地走回家，雪地看起来就像一片白花花的死后世界。

伊丽莎白站在原地，画下了我们经过她离去的身影。

"也许我们能用通灵板找到杨科维亚。"马隆太太说。

"也许能。"我说。

但我知道她不能。

第二天，我们在厨房里庆祝了耶稣的生日。我们对无头的耶稣雕像说生日快乐。马隆太太带了蛋糕来。麦考弗雷先生带了根羊腿。我们看见伊丽莎白站在外头，像是等着我们邀请她进来。我过去开了门喊她进来。

我们吃着吃着，雪又开始下啊下啊下啊，就好像这雪会永远下个不停。

"说不定今年开始时间就停止了，"马隆太太说，"说不定今年的冬天永远不会过去。"

但今年的冬天过去了。漂亮的积雪开始变软、融化。春天又回来了。

# 寻宝人的末路

一天下午,我们手里提着一大袋雕像碎片走在回家的路上,身后突然传来脚步声。我们一转身,却发现什么人也没有。扭头接着走,脚步声却又出现了,于是我们又转过身。

是那个寻宝人。

"别理他。"妈妈悄悄说。

于是我们继续走。

"维罗妮卡!"一个声音喊道。

我们没停下。

"理发师!"他接着喊。

我们依然没停下。

"你装听不见是吗,宝贝?"那个声音又说,"维罗妮卡,把你家的小伙子介绍给我认识认识吧。"

妈妈死死地抓住我的手。

我们想快点回家去,脚下的碎石发出嘎啦嘎啦咯吱的声音。

那个男人也走得越来越近了,嘎啦嘎啦咯吱咯吱。

"停一下。"他气喘吁吁地说道,他就在我们身后了。

"停一下。"他说着抓住了我的衣领。

"给我停一下。"他气喘吁吁地说着,妈妈求他放开我。

他咧嘴笑了,舔了舔嘴唇。

"我明白了,"他说,"我明白这小子大概是谁了。"

妈妈捏紧拳头朝他走过去。他大笑起来,掏出一把刀拿在手上说:"你来呀。你敢动手,我也敢动手。"

我踢了他一脚,然后又踢了一脚。他却抓得更紧了。

他把我拉到跟前,我们脸对着脸。

"我知道某人肯定不高兴你这么出来乱晃,"他说,"某人肯定愿意花大价钱封上我这张嘴。"

我一口咬住他的手,咬破了他的皮。我尝到了他的血的味道,看到血流了出来。

"哎呀!你还挺野蛮的,是不是?"他说,"你这个——"

"不,他不野蛮。"另一个声音说道。

麦考弗雷先生踏着碎石堆走了过来,他一把掐住了寻宝人的脖子。

"他不野蛮,不过我很野蛮。"他说着把寻宝人从我身边一把拉开。

"我很野蛮。"他说着从寻宝人手里夺过刀,拖着他穿过碎石堆。嘎啦嘎啦啪沙啪沙咯吱咯吱咯吱。

"我很野蛮。"他说着,把寻宝人拖到一面塌了一半的墙后面。

"我很野蛮。"他说着,手里拿着刀,朝下捅去。

"我很野蛮。"他说着,寻宝人发出了一声又一声尖叫。

最后他安静了下来。

我们沉默了几分钟。

麦考弗雷先生从墙后面走出来,走到我们身旁。

"你没带着你的刀?"他问我。

"我留着刀准备在肉铺用。"

"你现在要随身带着,要保持刀刃锋利。有时候外面的世界也是个屠宰场。"

妈妈在我身边轻轻地倒吸了一口气。

"别担心,"麦考弗雷先生轻声说着,在围裙上擦了擦手,"不会有问题的。我会把他剁了,埋到很深很深的地方去。谁都不会找到他。像他这样的人在这样的时代还能有什么下场?放心回家去吧,别再提起这件事。"

# 比利·迪恩第一次被附身

看吧。跟着我的铅笔，看看发生的这一切吧。那天我在马隆太太家。那是一个寻常下午，或者说这个下午发生的一切将会在比利·迪恩的人生中变成一桩寻常事。他和逝者的亲属在一起，他摇晃着身子，念出通灵板指到的字。克里斯蒂娜和她的女儿玛利亚又来了。他看着她们的眼睛，充满温柔，充满同情。他很好地扮演着他的角色。我明白你们的痛苦，我和你们一样悲痛。他用自己的眼睛看着她们，告诉她们今天什么也没有——黑暗的王国里一片寂静，或者说些类似的话。马隆太太一直望着他，他也回望着马隆太太。什么也没有，马隆太太。她扭过脸去。或许她已经不相信这一切了，她只是为了每天结束后那些塞进她手掌心里的钱币和支票。

比利看着墙外。外面已经是春天了，夏天马上就要到来。他的视线越过布灵克波尼，看向大海，看向海岛。他想象自己已经到了岛上——沐浴着海上的阳光，脚下踏着柔软的沙滩。沙滩踩起来和土堆感觉一样吗？和碎石堆感觉一样吗？地平线又是什么样？那里空空荡荡，只有大海、蓝天和虚无。啊，上岛去！住在岛上！他和妈妈越来越多地说起离开这里，说起到岛上去，自由自在。是时候了。他长大了，变强壮了。现在当然已经到了他们必须离开的时候。但是外面的世界让他们感到害怕和厌烦，而布灵克波尼的荒野却给了他们安全感。

他深深地陷在椅子里，任由自己的手指被推过来拉过去，任由自己的身子在灯光之下、在亮闪闪的字母之上晃来晃去。他已经不再去想是谁在拉、谁在推。他也不再去黑暗中寻找什么。给我光，他心中叹道。有人吗？马隆太太叫着。有人吗有人吗？他闭上眼睛，不去听马隆太太的声音，也不去听逝者亲属的声音。啊，给我光！他想看见城堡、沙滩，想看见上下颠倒的船和星光闪闪的海，想看见可爱的海鹦在天空中飞翔。接着远处传来拍打声，就像在拍打水面。然后有风，有微风。他听到了含混不清的低语、呼吸、哭喊、呼唤、吸气和叹气。他竖起耳朵听，他想听得更清楚，这听起来就像很多遥远的声音和他内心深处的声音一下子涌了出来。他更仔细地听，这和寻找死者的声音完全不一样。他更深地陷进椅子里。啊，给我光！

然后它就来了。

就像有一双手掐住了他的脖子，把生命从他身体里挤了出去。

就像有一只手直直插入了他的胸膛，抓住他的心脏，紧紧捏住，让它停止了跳动。

就像一双手高高地把他举了起来，然后再狠狠摔在地上，摔得他粉身碎骨。

就像有一双手撕裂了他，把他的碎片扔得满世界都是。

就像成百上千的动物钻进了他的身体——小老鼠、蚂蚁、狗、猫、大耗子，钻进了他的眼睛、鼻孔、嘴、耳朵还有屁股。

就像一声怒吼、一声尖叫、一声呼喊、一记重击。

就像他身体里的所有东西都要喷出去。

就像所有外面的东西都要钻进他身体里来。

是噪声、怒火、狂怒、呼喊、尖叫,是痛苦、脚踢、拳打、刀刺、压碎,是痛苦和尖叫,啊——啊——啊——啊——!

接着一切都消失了,只剩下寂静和痛苦,深切的、无尽的痛苦。

这种痛苦一直都在,今后也会存在,到永远永远。

然后这种无止境的痛苦戛然而止。

他的内心深处传来一阵低语,从他心底很深很深的地方传来,从他之前不曾发现的地方传来。

这阵低语从他内心深处升起,变成了一声哀叹。

这声哀叹是他的,是他的。

"是的。是的。我在这里。是的,我爱你们。"

然后一切消失了,什么都没有。只剩下他在深不见底的黑暗深渊里坠落、坠落,永远地坠落下去。

# 他成了他

眼泪从他脸上簌簌地落下,像一场温暖的雨。温热的呼吸和柔软的手指碰到了他的脸。他被充满喜悦的轻声细语包围了。

"没错!是他!是的没错!"

他睁开眼,黑暗消散了。他重新变成了一个整体。他歪七扭八地躺在地板上。他内心一片宁静,没有痛苦,没有愤怒,没有恐惧。他的灵魂一片宁静。

几张脸围在他头顶上。

克里斯蒂娜、玛利亚、马隆太太,还有其他人也围了过来。

"你被附身了,"马隆太太说,"你终于被附身了。你从黑暗国度带来了消息,威廉。你从死者那里带来了消息。"

"你变成了我爸爸,天使,"玛利亚说,"那就是他的声音。他通过你对我们说话,天使。你真的变成了他。"

# 我成了天使之子

比利·迪恩终于成了天使之子。他的生命被暂停，身体被撕裂，被丢进黑暗的国度。自从第一次附身之后，他不断地被附身、被附身、被附身。

他开始害怕附身，因为这个过程太痛苦了。他开始喜欢附身，因为醒来之后他的内心如此宁静。死者的声音占据了他的喉咙、他的舌头、他的嘴。他们闲聊瞎扯、他们低语呻吟。有的声音低沉，像个老人；有的声音又甜又细，像是孩子。他们讲的故事听起来非常真实。他们讲布灵克波尼的故事，那时街上是铺好的路，一排排房子整齐有序，商店都像麦考弗雷先生的肉脯一样闪闪发亮，里面摆满了货物，一帮又一帮的顾客熙熙攘攘。

那些声音就像他内心深处的记忆，好像他也生在一个正常的家庭，有兄弟姐妹，有一个可以在他膝头嬉闹的爸爸，有一个因为幸福生活的喜悦而笑容满面的妈妈。

那些声音让他体验了别人的生活，让他也进入了别人的身体，感受他们的情绪、回想他们的记忆、感受他们的内心、呼吸他们呼吸过的空气。

有时候那些声音会通过他来歌唱，他发现自己歌唱着爱、梦境、渴望和失去。他歌唱海、风和月亮。这些歌儿从他的心底涌出，就好像它们一直被藏在心底，渴望被释放出来。

有人说这声音非常美丽。有人说这声音来自所有记忆的最深处。有人说这声音来自在场所有人的遥远过去,大家坐在桌前看着、听着,震惊而又好奇。有人说这声音来自我们所有人心中最深、最久远的部分。

人们总是倒吸一口气,有的窃窃私语,有的大声惊呼。

"就是他!啊,就是她!没错!原来就是这样的!啊,没错就是他。还能是谁,就是她!"

有时候没有声音,死者只是从黑暗里走出来,向比利·迪恩现身。这时他会描述死者的长相、站相、跛脚的样子、穿着什么衣服、什么发型、有没有伤疤、斑点、眼睛里有没有闪着特别的光。

"没错!没错!肯定是他!是的!就是她!"

有时候那些声音通过纸上的文字来表达。他等着,手里拿着一支铅笔,等到他被附身了,他的手就开始在纸上涂写,又是弯又是折。他一边写一边念念有词,或者尖叫,幽灵附在他身上,把铅笔前前后后地推来推去。

之后马隆太太会试着从一堆糊乱涂抹里提取信息,试着分辨里面的文字,讲出里面的故事,人们会继续发出惊叫。

"对这是他写的!是她写的!没错就是这样!"

有几次状态最好、最紧张的时候,所有的一切都一口气发生。身体、声音、记忆和灵魂。整个比利·迪恩都被死者占据了。他的身体里有他们的身体,他的大脑里有他们的大脑,他的声音里有他们的声音,比利·迪恩不见了。比利·迪恩根本不存在,他像一个死者一样,围在水面般的桌子旁。他像他们活着的时候那样对亲属们讲话，像他们一样唱歌，甚至像他们一样跳舞。谁都不知道这一切是怎么发生的，他是怎么做到的。可这一切就是发生了，他就是做到了，他成了天使之子。

从那时起，他的名声渐渐传到了布灵克波尼外面的世界。越来越多的人来到了马隆太太家，来到那张水面般的桌子前，来使用通灵板，来找奇迹般的天使之子。

也许你还记得，我的读者。也许你也是来客中的一员。也许你也曾来寻找过你失去的亲人。也许你像很多人一样，只是出于好奇想来看看。也许你像很多人一样，原本是来嘲笑我的，回家时却因为惊奇而浑身颤抖。是的，也许你曾经坐在桌前，看着天使之子一言不发，突然摔在地板上，被撕裂、被送进黑暗的国度，然后从所有死者的传奇中带来了故事、记忆、痛苦和喜悦。你现在又在听我讲故事，阅读我写下的文字。比利·迪恩又被附身了，他的铅笔弯弯折折地写下一个又一个字，从他自身的黑暗之中带来了他自己的故事。

# 杰克和乔

有两个人来见我——杰克和乔两兄弟。他们说他们来自很远的城市,但是他们也来自布灵克波尼的过去。

马隆太太盯着他俩在桌前坐下。

"我是不是见过你们?"她说。

她说对了。末日那天,他俩就在圣帕特里克大教堂。他们是协助神父的助手,在祭坛上摇铃铛、唱赞美诗,突然房顶塌了,墙倒了,华丽的大窗户也碎裂了,碎片倾泻下来。他们身上留下了那一天的痕迹。杰克的左眼被烧了,乔的右脸烧变形了。他们个子很高。他们穿着干净的衣服,有着整齐的金发和温柔的嗓音。

马隆太太盯着他们仔细看。

"艾略特家的儿子。"她小声说。

"是的。"乔说。

"你们活下来了?"

"是的,"杰克说,"我们被亲戚带走了。我们的父母已经……"

他低下头,抹去了独眼中流下的一滴泪水。乔伸出一只胳膊拥住他。

"所以我们今天才到这里来,"乔说,"我们听说了这个特殊的男孩。"

马隆太太叹了口气。

"我们当时就住在一条街上,天使。"

"是的,"杰克说,"你的事我们也记得很清楚。"

"记得我女儿吗?"她温柔地说。

"哦,记得。我们经常在公园看见她。我们经常帮她推秋千。再高点再高点!她会这么喊。"

"好孩子,"马隆太太轻声说,"再高点再高点!再高点妈妈!"

"她叫黛西是吗?"杰克说。

"可不是嘛,"马隆太太说,"黛西。没错。好了,我们开始吧。"

那天我在黑暗中找到了他们的双亲。一个朦朦胧胧的男人和女人,脸色苍白,脖子上戴着亮晶晶的十字架,手里拿着黑色的祈祷书。

"告诉孩子们,我们很好,"他们的声音像是从另一个时代传来,"告诉他们,让他们好好过,我们会在这里等着他们。"

我带着他们的消息回到了光明世界。

"是他们吗?"我问。

"哦,是的。"杰克说。

"看上去、听起来都像是他们。"乔说。

他们眼中迅速充满了惊奇、感激和祈求的神色。

我转身面朝桌边的其他人。我继续潜入黑暗开始寻找。

那天傍晚我回家时,发现乔和杰克在我身后几步远的地方跟着我。

他们停下来,两手攥在一起,垂下了眼睛。

"对不起,"杰克说,"如果你不需要我们,可以赶我们走。"

"但是我们想跟随你。"乔说。

"跟随我?"我说。

"如果你需要我们的话。"杰克说。

"叫我们干什么都可以。"乔说。

我被他们弄糊涂了,于是转身继续走。

我身后继续传来杰克的声音。

"我们随时听你的吩咐,主人。"

这时我应该说我感到一阵恐惧,但是我没有。我是一个有特异功能的人,可是我却连恐惧都没法感觉得到。

我继续前行。

杰克和乔在一个废弃小屋里安了家。有时候我会远远看见他们的身影,靠在墙上,或者坐在石头堆上。有时候他们会远远地向我招手,要么就是静静地坐着看着我,等待我的召唤。

## 发现黛西

黛西。是的,那之后没过多久,我就帮马隆太太找到了黛西。那是一个宁静安详的时刻。逝者亲属都走了,门也锁上了,只有我和马隆太太坐在拉着窗帘的房间里。

她喝了一小口威士忌,告诉我,我们应该再试一次。

她给了我一只小红鞋,让我捏在手里。逝者的亲属们也经常这样,好帮我找到他们失去的亲人。这类小物件能帮大忙。比如这只小红鞋,比如围巾、胸针、贝壳、钢笔、笛子、娃娃。

这些小东西怎么能唤起那些故事、记忆、灵魂和身体?这在我眼里就是个奇迹。

这些小东西从未有过生命,却仿佛充满了生命。这是为什么?我自己也一样,我也触碰或者拿着一些东西——比如一条旧围巾、一截香烟过滤嘴、一张干掉的老鼠皮——我一碰到它们,眼前就闪过那些记忆、故事和梦。

对于逝者亲属们来说,这些物品有着召回死者的力量。难道是因为死者的灵魂进入了这些物品?死者的灵魂不上天堂,也不下地狱,而是进入了这些世间的寻常物件里?谁知道呢?和所有问题一样,谁又知道答案呢?

总之我拿起了小红鞋,我摔在地上,被撕成碎片,黛西在黑暗中等着我,仿佛她一直都在等着我。她附在了我身上,我通过她的眼睛看着马隆太太：一个年轻漂亮的马隆太太，一头柔软的棕发，眼神温柔又明亮。黛西的话从我舌尖冒了出来，我喊着："妈妈！妈妈！"

马隆太太一把把我搂进怀里，气喘吁吁地叫着"黛西黛西黛西"！

我们把黛西带回来了好几次。

马隆太太说，现在她有了天使之子威廉·迪恩，她可以更多地见到女儿了。

现在她有了一个可以重现世界的男孩。

# 河

布灵克波尼的边境之外，有一条闪闪发光的河。河水流向下游，穿过城市，流进大海。妈妈发现我在看河，但是她叫我远离河水。河边很漂亮，但是也非常危险。

"全世界都很危险。"我说。

"没错，"她说，"全世界都很危险。"

于是我远离河边，远离碎石堆，远离我知道的东西，这让我感到厌烦。时间一天天过去，我也在一天天长大。我开始嘲笑自己。比利·迪恩——一个敢走进死后世界的男孩，却不敢走进他身边的世界。

一天清早，我穿过嘎吱作响的布灵克波尼碎石堆，穿过一片田野，来到河边，踏上柔软的草地、淤泥和卵石。

我伸手碰了碰河水，看着它在我手指边打转。

我扔了根棍子进去，看着棍子打着转消失不见了。我扔了块石头进去，溅起一些水花，然后石头也消失不见了。

我想象要是一个人掉进去会发生什么。

我想象我自己在水面上打转。我想象我的身体像一块石头一样，沉进黑暗潮湿的漩涡深处。我想象河水载着我来到海里，来到那座岛上。

那之后，我去了好几次河边。有时候在天刚亮的时候，趁妈妈还没睡醒。有时候是我刚被附身完,在我从马隆太太家回自己家的路上。

我脱下衣服放在岸边,走下河,站在河水里,感受又湿又冷的河水淌过我的皮肤,牵动着皮肤上的毛发。我喜欢河水的声音和气味,喜欢河面溅起的水花和水雾,喜欢在河面上出现又消失的小彩虹。我还喜欢鱼,我喜欢看它们在河底深处闪闪发光,喜欢他们从水面一跃而出,飞到空中,一个漂亮的转身,又落回水里。

随着我到河边的次数越来越多,我走得也越来越深——深到膝盖,深到腰。在一个死气沉沉的日子里,大雾笼罩着田野,我站在水里,胸前河水涌动,我觉得只要我仰面一躺,河水就会马上把我带走。这天我第一次碰到了鱼,它们轻轻地游上了我的皮肤。我低下头,看到它们身上的银光围着我转来转去,它们一点儿也不怕我。我伸手过去,它们就游过来戳戳我,轻轻地咬咬我。它们游到水面上来,好像在抬头看我。

"可爱的鱼。"我轻声说。它们的嘴一张一合,用一种奇怪的方式回答着我。

"哦哦,"它们无声地说,"哦哦。哦哦。"

我还遇上了其他动物。我遇见一对后来我才知道是水獭的动物。我站在岸上,它们从水里钻出来,跑到我脚边转圈、嬉戏。当然还有鸟——很多鸟聚在旁边的灌木丛里,围着我唱歌。还有家兔、野兔、小老鼠、大耗子等等动物,我的出现从来不会打扰到它们。

水边的淤泥上有很多动物留下的记号和痕迹——有的是足印、

有的是爪印，叫人分辨得出是野兽还是鸟类。这些痕迹就像一种奇怪的语言，书写在世界的表面上。我也留下了我的痕迹——我的手掌印和脚掌印。我用手指在泥滩上写下记号和字母，写下我的名字。比利·迪恩，我写道，天使之子。我在字上浇水，看它们消失，变回平坦的泥滩。我写下一两句奇怪的短句，讲了点我的故事，和野兽、鸟儿们写下的奇怪句子混在一起。

比利的爸爸走了，我写道，他还没有回来。

比利来到了外面的世界，我写道，世界真是个奇妙的地方。

比利有一把刀。比利有屠夫的手感。

水边长满了树和灌木。我喜欢坐在下面，半个身子藏在树下的阴影里。我在那里也留下了我的记号，我用刀把我的名字刻在树皮上，然后又刻下妈妈的名字、麦考弗雷先生的名字、马隆太太的名字。

我把爸爸的名字也刻了上去，我还刻了一幅爸爸的画像，我想让他更加深刻地留在我的脑海里，也留在这个世上。

总有一天他会回来，我刻道，总有一天我又会和他面对面。我一定会。我一定会。

我站在水里的时候，还会用手指在水面上写我的名字和我的故事。我写，却什么字也留不下。什么都没有，只剩下看不见的信息，准备乘着河水去向遥远的大海。

对我来说，在河边的时间成了另一种形式的附身。我忘记了自己，我失了神。我被美丽的世界迷住了。我在可爱的动物之间行走。我在光明的国度里游荡。

# 金光一闪

这天,我脱光了衣服,站在很深很深的河水中。阳光穿过树叶的间隙投射下来。河水翻涌着打在我身上,鱼儿围着我游来游去。我张开嘴大喊,仿佛鸟儿在用我的喉咙歌唱。我把脚伸进河底的淤泥。我抬起眼睛看看天空,又看看水面,我看见一个东西朝我漂了过来。

一个小小的闪着金光的东西。

河面上金光一闪。

它在河水的漩涡中打转。我伸手去抓它。

我扑过去抓它,差点摔倒。

我又猛地一扑,但是它漂得更快了,河中心的巨大力量把它卷走了。

没错。

我敢肯定。

那是一截黑色香烟的金色过滤嘴。

我环顾四周。我跌跌撞撞地从水里赶紧出来,光着身子站在岸边,在树底下跑前跑后,一心只想看到他一眼。

可我什么也没看见。

我在泥滩上发现一个记号,我告诉自己,这是一只优雅的鞋子留下的脚印。同时我又告诉自己,这一定是幻觉。可能是一块石头掉在这儿，可能是一个湍急的水涡流过这里，留下了这个优雅的记号，它没有任何含义。

我回到岸边。

我大叫他的名字。

当然，没有人回答。

马隆太太跟我说过，如果上帝存在，我可能会在黑暗国度中和他相遇。她还说，如果我爸爸死了，我也可能在黑暗世界中和他重逢。而现在，我在光明的国度中寻找着爸爸的身影。

我没看见他。

一眼也没看见。

一切都是假的，都是幻觉。

我穿上衣服，水獭在我脚边跳舞。

是幻觉。

一定是幻觉。

## 淤泥里的人脸

词语漂呀转呀，像水一样。它们急匆匆地前进，载着微光和幻觉。它们穿过布灵克波尼，穿过布灵克波尼的边境。像比利·迪恩现在所做的一样。

他前进着，我手中的铅笔也前进着。他一个人。他刚刚结束了附身，从马隆太太家回来。

快到傍晚了。

他穿过废墟，头顶是粉色、蓝色、红色交织的灿烂天空。他像往常一样看见摇晃的人影，听见脚步声，他不断地回头看，却和往常一样什么也没发现。近处只有影子，远处有时会有人。他穿过布灵克波尼的边境，来到河边。这里渐渐成了他最喜欢的地方。他还记着那截金色过滤嘴。他不断地寻找一闪而过的金光，寻找晃动的影子、走动的人影和凝视的目光。他闻了又闻。

今天的水位很低。露出来的河床表面有一层干掉的泥和水草，底下的黑泥像水一样又湿又滑——像马隆太太的水面桌子一样发亮。泥是黑色的，可是和大部分黑色的东西一样，当太阳落山时光线滑过它的表面，它会反射出很多种颜色。和头顶的天空一样，黑泥表面也有一条条蓝色、红色、粉色、黄色。

泥上有鸟儿留下的奇怪记号，好像某种文字，似乎你会识字会写字就能看懂。鸟儿们唱着歌，歌唱它们写下的那些文字。

河面上的漩涡涌动着，打着转。有树枝和水草被卷了进去。有的水涡很平静，有的却痛苦地扭来扭去。遥远的河水那头，在城里头，熊熊大火开始燃烧。他想到住在那里的人。他想到城里那些认识他的人，那些从城市一路赶到马隆太太家来的人。他知道对这些人来说，他像一个梦中人——像一个奇怪故事的碎片，除非人们看到他摸到他，才能够相信他。这些人在他眼里也像一场梦。他的目光越过黑暗眺向远处，他看见神秘的光在城市里闪动。他听见发动机和机器的铿锵和咆哮。他觉得他听见黑夜里传来了声音。

头顶上的天越来越黑了。

他低头看看身边，看见了亮晶晶的小动物的小眼睛。

"你好，"他用非常温柔的声音说，"是我。"

他冲着黑暗中的动物微笑，他知道动物们就在那里，他知道动物们是他的朋友。真奇怪，他和动物们有着同样的构造。血、皮、骨、肉、心。他还冲着在黑暗中移动的影子微笑——他知道那些影子可能是死者的灵魂，他多么希望那是他爸爸在看着他。

他听见有人在叫他。

"比利！比利！"

是他妈妈的声音。她没有大声叫，而是紧张地小声呼唤。她学会发出这种声音，在黄昏空气静止的时候，这声音能穿过整个布灵克波尼，穿越碎石堆，找出他在哪里。

"比利！比利·迪恩！"

他扭头去听。她的声音真好听，真甜。

"比利！比利！"

他应该离开这个地方，回到她身边，安抚她的不安。

"你在哪儿，比利？"

"我没事，妈妈。"他用强有力的低语作为回答。

"马上就天黑了，回家吧。"

他想象她站在荒废的花园里，最后一缕阳光落在她身上。他脑中她的样子很清晰。他想到他看到的一切。如果他的想象如此强烈，强烈到能以假乱真，那他该怎么理解身边一切看起来真实的事物呢？

他放下这个没有答案的疑问，低声说道：

"我来了，妈妈。"

但他根本没动弹。他看着河面变黑，黑得像河底的淤泥一样。他听着河水拍打河岸发出悦耳的声音。他看着黑暗渐渐笼罩了一切，发觉天黑和天亮一样美。他明白了，事物的终点也可以像起点那样辉煌。

他妈妈一遍又一遍地低声呼唤着。

他低声回答，他没事。

他产生了一个愿望，他想走进河里，走到很深很深的地方，让水没过他的胸膛、他的肩膀、他的头顶。他想被黑暗笼罩，想被带走，想走向终点，像正在走向终点的这一天一样。他想知道溺水和死亡之后的黑暗里都有些什么。但他知道，这会给爱着他的人带来多少痛苦。

"比利！比利！"

"来了，妈妈！"

他正要转身去找妈妈,突然出现一只大白鸟,飞落在水面上。它的脖子长长的,弯成漂亮的曲线,一对儿大白翅膀收拢起来,折在身后。它在他眼前慢悠悠地游过。它在渐渐变暗的天空中发出耀眼的光。他伸出手,但是他够不着。

"比利!比利!"

"天鹅!"他低语,"哦,天鹅!"

天鹅的美丽让他一时看得出了神。

"比利!比利!"

他刚要再次转身离开,突然注意到深深的黑色淤泥里有一张脸在看着他。他弯下腰,伸手去够它。他把手伸进了淤泥,碰到了那张脸,把它捧了起来。淤泥下面是一整个头,他把头拿出水面,发出噗的一声,就像它在大口吸着宝贵的空气。他的手黑乎乎的,手里的头也几乎沾满了黑泥,不过露出的一小片脸很白,眼睛很明亮。他在河水里洗掉了一部分黑泥。

天鹅游到他身边,静静地看着他,低下了头。

"比利!比利!"

"来了,妈妈!"

他又盯着天鹅看了一会儿,然后转身赶紧回家去了。他看见有人站在树丛里了吗?他看见远处香烟的火光了吗?他闻到那支黑色香烟的气味了吗?

他犹豫了,停下来看了看、闻了闻、听了听,然后他说,这都是自己骗自己。

他抱着耶稣的头,赶紧回家去了。

# 厨房里的圣地

他向着妈妈的声音跑回家，跑回废弃的花园。妈妈站在门前。他把耶稣的头放进妈妈手里。

"哦，比利！"她说，"哦，我的小耶稣！"

她把头拿进厨房，拿到灯光下。

上面几乎没有裂痕，也几乎没有剥落的痕迹。它的眼神非常温柔，嘴唇微微扬起，露出最最温柔的微笑。

"你看我说得没错吧，比利！你看它多特别，多亲切！哦，你在哪儿找到它的？"

他说自己在河边找到的，在那个危险的地方。

"啊，你不该到河边去，"她倒吸了一口气，"不过，啊，你看看你找到了什么。"

她给耶稣的头打上香皂，用水冲干净，然后用毛巾擦干。他们搬出用泥土黏在一起的雕像身子，然后小心翼翼地把头放了上去。他们用水和面团把身子和头部粘起来。他们用线把头和肩膀缠在一起，防止头部掉下来。耶稣穿着一件短裙似的衣服，他的胳膊朝前伸着，好像抱着什么东西。她说他手里本来抱着一只小羊羔，因为他曾经装扮成一个牧羊童。于是他们用旧外套做了只小羊羔，放在耶稣的臂弯里。

他们用旧颜料给他全身涂上了颜色。很快他们意识到这是一个错误的决定。毕竟他们不是艺术家,上了色的耶稣看起来奇怪得要命。他看起来一团糟,身上一块一块的,似乎马上就要散架了,他的脚别扭地歪向一个奇怪的角度。他的眼神看起来很迷茫,仿佛弄不懂自己身上发生了什么。他的光环也歪歪扭扭,变形裂缝了。

不过妈妈说,他看起来确实和以前有那么一丁点儿像了。她说对,他看起来很滑稽,但是不对,他虽然没有以前漂亮,但依然很漂亮,对不对?不管变成什么样,他还是耶稣,对不对?

"嗯,妈妈,"比利回答,"他是耶稣。"

他们把耶稣扶正,钉了个钉子在桌子上,拴根绳子在钉子上固定耶稣,防止他歪倒。比利站在耶稣旁边,发现他俩差不多高。

妈妈跪了下来,在胸前划了个十字,双手合十。

"再见到您真是太好了,童年的耶稣。"她说。

她闭上眼睛低下头,开始祈祷。

"温柔谦和又和善的耶稣呀,请看看我这个孩子……"

她停下来小声对她儿子说:"你觉得他能听见吗?"

"不知道,妈妈。"比利·迪恩说。

然后她重重地叹了一口气。

"怎么了,妈妈?"比利说。

"他可能听不见,"她说,"他们说雕像里的神性被带走了,比利。"

"什么被带走了?"

"神性被带走了。爆炸之后一切都毁了,雕像和圣坛碎落了一地,他们把残骸都拆掉之前,念了些祈祷词,消除了雕像的神性。其实就是你爸爸念的祈祷词。之后他们用推土机碾平了一切。"

"那神性去哪儿了?"

"谁知道呢?反正就是没了。"

"那我们得把神性放回去。"

她笑了起来。

"你以为我们是谁呀?"

"我们是比利·迪恩和维罗妮卡·迪恩。威弗雷神父能把神性拿走,我们就能把它放回去。我们该怎么做?"

"我觉得我们得向上帝祈祷,"她说,"我们向上帝祈祷,请求他把神性归还童年耶稣的身体。"

于是他们跪在破破烂烂的厨房里,比利跟着妈妈一起念念有词。

"主啊,"他们说,"请把神性还给耶稣吧。我们在布灵克波尼的尘土和河水里找到了他,我们把碎片拼在了一起。请听听我们的祈祷,把神性还给他,也还给世界吧。"

妈妈的祈祷是说给上帝听的,可是比利的祈祷却是说给宇宙的,说给其中的动物、鸟儿、水和星星。他根本就没在对上帝祈祷。他一边祈祷,一边想象在耶稣震坏了的脑袋和歪歪扭扭的身子里,鸟儿们开始飞舞、歌唱。他想象动物们漫步经过他身边,想象流水没过他的头顶。他一边祈祷,一边紧紧盯着耶稣看,他看到跳蚤和甲虫在耶稣身上爬来爬去,他笑了,他想象耶稣身体里面也有小虫在爬动。

之后几天,比利给耶稣带来了很多很多东西。有土、石头,还有土堆和石头堆里找到的羽毛。他带来一块鸟蛋的碎片,还有一根骨头,可能是一只死狗身上的。他从河里带淤泥回来,从树上摘叶子回来。他带来一朵蓝色的花。他从屠夫那里带回奶牛身上的一小块。他在小纸片上写字。写自己的名字,还有他认识的人的名字。他还写别的词,比如星星、天空、太阳和大海。

他用刀在耶稣身上割开很多小口子,把他的小礼物塞进去。

他用刀割开大拇指,再划开耶稣的脖子,让他的血流进耶稣身体里。

他对着耶稣的脸吹气,他对着耶稣的耳朵低语。

"醒来吧,耶稣,收下你的神性吧。"

妈妈还是继续祈祷。

一天晚上,比利和妈妈在厨房喝茶、吃果酱和面包。月光照进开裂的窗户。突然他内心深处觉得,耶稣开始呼吸、开始动了。仿佛他被耶稣附身了,耶稣也被他附身了。他停下吃喝,闭上了眼睛。

"是你吗?"他小声说。

"是的,"耶稣的回答从他内心深处的寂静和黑暗中传来,"是我,比利。"

比利笑了。他告诉妈妈,神性回来了。

她扑通一声跪下。

"真的吗?"她说。

"嗯,妈妈,是真的。"

"哦，比利，"她紧张地说，"我感觉像是进了天堂。"

是的，是有一点儿像进了天堂。有他和妈妈在一起，在那间厨房里，还有耶稣，还有那些重新拼起来的圣人、天使，周围是布灵克波尼的荒野。

# 糖浆头和鸟儿的故事

现在我回忆起那些手指穿过我头发的感觉。手指、拇指、手掌在我头上移动,把我的头发捏成一缕一缕的,像长了角一样。妈妈一边在我头上抹糖浆,一边在我身后咯咯笑,她的气息飘到了我的后脑勺上。

这一切要从一位女士说起,她在布灵克波尼酒店有一间小小的卧室。她的头发硬得像马鬃毛,黄得像橘子。她想让她的头发竖起来,直直地竖起来。

她看起来像个野人,其实她对人很亲切,让你心里甜得像吃了蜜一样,她还会拿最甜的饼干给你吃。她名叫五月,因为她是五月出生的——我一百多岁了,她说,以为我这样的笨蛋会相信。她咯咯笑着说,她的头发在向全世界发出信号,告诉所有人,谁敢叫她离开布灵克波尼试试。

**危险!老疯婆来了!快走开!**

发蜡和发胶在她头上根本不管用,只能用糖和水。我看着妈妈把温水和糖和成浓浆,然后她开始用手指和手掌把五月的头发黏在一起,做出波浪、螺旋和大卷的效果。她不断地捋着抹着,最后糖浆变干变硬,闪闪发光,好像她头上布满了珍贵的珠宝。

看起来美极了。

那天晚上,我在家给自己也做了点糖浆,开始往自己的头发上抹。

"你干吗呢，比利？"我妈妈笑道。

"我也要一个糖浆头！"我说。

我搅拌糖浆，粘呀拉呀挤呀，直到我把头发全都弄得尖尖的，朝天竖着。我的头上像带着皇冠，又像是变成了星星。妈妈笑得直哆嗦，说我和五月一样都是疯子。不过很快她来到我身后，用她的手亲自帮我挤呀拉呀，把头发分开捏出形状。

她咯咯笑起来。她说现在我长了一头棒棒糖，如果我不看着点，肯定会有鸟儿来啄我的头发。我真喜欢听她的声音。

然后我头上的糖浆干了硬了，我抬手摸了摸，觉得这发型好极了。我站在黑乎乎、脏兮兮、裂了缝的镜子前，只见一张疯狂的脸，一颗疯狂的脑袋，顶着一坨疯狂的头发，头发里闪着星星点点的光。

我把衣服脱了，后退几步，想看到自己全身的样子。我看到自己手臂的线条，健美的肌肉，胯下冒出来的细小的绒毛，皮肤上的小点、擦伤和刮伤。我站了很久，静静地看着自己。我看出我已经从一个小男孩变成了一个男人，从一个比利·迪恩变成了另一个比利·迪恩。我的身形变得像耶稣，像天使们、圣人们，和这个世界上生长的所有事物一样，我也又神奇又美好。

第二天早上我起床时，天才刚开始蒙蒙亮。我的枕头上都是亮晶晶的糖渣，就好像我枕在一片星星上。我的发型裂了碎了。我蹑手蹑脚地从床上爬起来，到厨房重新弄头发，重新用水和糖浆，重新造型、晾干。我站在破镜子跟前，把头发梳理成好玩的形状。等头发干了，我就蹑手蹑脚地出了家门，站在我们的破花园里，低着头一动不动。我把自己献给天上的鸟儿。我周围是它们发出的一片清晨大合唱。

我的身体和内心都是一片平静，那些鸟确实开始靠近我了，我能听见它们叽叽喳喳，在杂草里，在草地里，在长满刺的灌木丛里，在旁边的小砖墙上。

"鸟儿们，"我在心里说道，"请你们飞过来吧。麻雀也好，山雀也好，知更鸟也好，燕雀也好，停到我的头上来吧，啄我的头发吧。"

什么也没发生，只有我在那儿一动不动地站着。我肯定站了一两个小时，或者更久。

我闭上了眼，我知道，鸟儿们很胆小。

我哼着妈妈和马隆太太都唱过的那首歌，我唱着世间万物明亮又美好。

世间万物明亮又美好，

无数生灵有大也有小，

所有一切智慧与奇妙，

是上帝的创造。

我试着唱得甜美又响亮，我的声音像鸟儿一样。我试着想象我的胳膊就是鸟儿的翅膀，我的嗓子就是鸟儿的歌喉。我试着想象我能飞也歌唱，仿佛内心深处的我是一只鸟儿。

过了一阵子，我听见一阵拍打翅膀的声音，离得特别近，我差点倒抽一口气。不过我还是坚持唱歌，坚持闭着眼。啊，我感觉到小小的爪子落在我头顶的糖浆星星上，抓挠着我的脑袋。啊，啊，啊，我感觉到一只鸟嘴在一点点地揪着我头发上的糖，为了那香甜的味道，为了获取能量，为了维持生存。

我站着不动，越来越多的鸟儿落在了我身上。它们飞前飞后，又是拉又是揪又是抓，我真高兴它们能这么勇敢。

然后我睁开眼睛，鸟儿们一下子都飞走了——所有刚才还在我头上站着、走着、吃着东西的小鸟——小麻雀燕雀八哥云雀山雀知更鸟都飞走了。我双臂大张着，看着鸟儿飞上空空荡荡的蓝天里和阳光下，就好像他们是从比利·迪恩的身体、胳膊和头发里面飞出来的。这个想法真好玩，我笑了起来。大门外也传来一声笑。我转头看见伊丽莎白站在那儿，手里拿着本子和铅笔，正咧着嘴大笑。她走过来，靠在大门上，说这个是给我的。她塞了张画在我手里——画的是比利·迪恩顶着一头疯狂的头发，张开双臂，弓着背，仰面朝天，而鸟儿们正围绕着我跳起奇怪的、轻盈的舞蹈。

她把手指在嘴唇上比了一下，离开了。

我又闭上了眼睛，鸟儿们回来了。这回我知道我不用保持一动不动了。我激动得浑身发抖。我动了起来。我跳起舞来。鸟儿们起起落落，和我一起跳起舞来。

然后我听到了妈妈的声音。

她站在门口。

她咯咯笑个不停。

"哦，比利！你看看你和那些鸟！"

# 我发现了我的治愈能力

人群开始在马隆太太家门口的碎石堆上聚集了起来。他们似乎是从别的地方来的，从山那边，从城市外面，从比城市更远的地方。一开始只有一两个人。

而且他们不是来寻找逝去的亲人的。

他们来找生，而不是死。

一开始是一个女儿和她妈妈。我从马隆太太家出来，看到她们站在门前。她妈妈的膝盖和手肘有关节炎，肿起了好几大块。她的手指变形了，没有力气，她非常痛苦。

"请你碰碰她吧。"她女儿说。

"碰碰她？"

"是的，碰碰她吧。治好她吧。"

那时候我一点都不明白自己能做些什么。

我告诉她我什么也做不到。

"有人说我们可以相信你，"女儿说，"我们相信你会帮我们。就碰她一下吧，天使，求你了。"

我真是听够那个名字了。

"天使根本不存在，"我说，"存在的只有我们。我就是我，我叫比利·迪恩！"

"请你碰碰她吧，比利·迪恩。"

我叹了口气，碰了碰她妈妈，并不指望有什么奇迹会发生。可是我感到指尖冒出一股热量。仿佛有那么几秒钟，我的手指和她的关节融为一体了。仿佛我身体里涌出什么东西，流进了她的身体，而她身体里也有什么东西流回我身体里来。她呻吟起来。

"啊，神圣的孩子，"她轻声说，"再碰碰这里吧。还有这里。对，这里。"

我看向她的眼睛，她眼里的痛苦消失了，取而代之的是快乐。

"谢谢你，比利。"她轻声说。

我看了看她的膝盖、手肘和手指。发生了什么吗？我不知道。

"我做了什么？"我问。

"你把痛苦消除了，"这位母亲说，"而且你看，肿块变小了，我敢肯定。"

她动了动手指。她动了动脚。她摇晃起来，好像要跳舞。

"我动起来不痛了，比利。看！哦，你看！"

"我们就知道，"她女儿说，"我们相信你，比利。收下这份礼物吧。"

她递上一把钱币。我感到很为难，没有伸手去接。马隆太太出现在我身后。她的手越过我的身子，接过了那些钱。

"谢谢你，"她说，"治愈会消耗他的能量，他现在累了，请你们离开吧。"

这对母亲和女儿欢天喜地地离开了。那位母亲朝天空伸出了手。

"好呀好呀，比利。"马隆太太说。

她静静地盯着我看了几秒钟。

"看来你的潜能是无限的。"她说。

我告别马隆太太,稀里糊涂地走在废墟里,看见杰克和乔站在一扇门口。

"保佑我们,主人。"乔说。

我抬起手想阻止他们,可他们还是闭上了眼向我鞠躬。

"谢谢你,主人。"乔说。

"我们时刻准备听您吩咐。"杰克说。

我继续前进。

然后事情愈演愈烈。

他们有的得了癌症,有的是心脏病,有的是海绵肿,有的长疮、起疹子和疙瘩。他们拄着拐杖艰难地一拐一拐翻过碎石堆,或者坐在轮椅里,颠簸着被人推着过来。他们充满忧愁和苦恼。他们哆哆嗦嗦。他们向我轻声诉说恐惧、悲伤和破灭的梦。他们带来了生病的孩子,或者可怜的虚弱的婴儿。

求你帮帮忙,他们说,求你碰一碰。碰一碰我的肩膀。求你碰碰这边的胳膊肘。请把你的手指放在我眼睛上。请把它们放在我头上。对,对。哦,你真是太温柔了。哦,我突然觉得好温暖。我感到一阵奇怪的震动,天使。我的内心深处感觉到了。哦,谢谢你,天使。谢谢你,比利·迪恩。疼痛消失了。你看我能更自由地走路了。是的,我看得更清楚了,听得更清楚了。我心里的烦恼开始消散了。哦,你看他笑得多甜。哦,你看她睡得多香,她出生以来第一次睡得这么香。谢谢你,天使。你一定是上帝派来的。你真是个圣人。请让我亲吻你的手，留下我的礼物，然后闪到一边去吧。因为还有下一个人在等着你的触碰。一个又一个又一个。

还有一个，还有许多许多。寻找死者的旅程结束之后，我还要面对生者。他们在门口排起了长队。他们带椅子来坐，或者把碎石头和破木头堆在一起当椅子。天冷的时候，他们在土堆里生火。有人围坐成小堆，愉快并满怀希望地分享彼此的故事。有人形单影只，在废墟里走来走去，等待轮到他们见治愈者比利·迪恩的时候。伊丽莎白常常和他们坐在一起，拿着她的纸和铅笔。她一边画一边听。她告诉我，早晚有一天，布灵克波尼的这些日子会被传为奇迹。

几个星期过去了。在马隆太太的指导下，我很快开始进行集体治疗。我站在门前，那些想治病的人聚集在我身边。他们带来蜡烛和灯。我戴着那条黑色穗边的紫色围巾。我把围巾蒙在脸上，想一会儿爸爸。有时候我会对围巾悄悄说：

"我做的这一切都是为了你，爸爸，只为了你。我希望你现在终于能为我感到骄傲了。我希望你能回来。"

有一次我把围巾从脸上拿开之后，看见杰克和乔就在我身边。

"你没事吧，主人？"杰克说。

"你看起来好累。"乔说。

"你的才能太宝贵了。"

"我们会尽量照顾你的。"

他们鞠了一躬，朝后退去。

马隆太太说我在治疗之前应该先祈祷。我没法向上帝祈祷，于是我向上帝的不在场祈祷,上帝的空缺中充满了美好和惊奇,也充满了深重的苦难。我的祈祷词像是在歌唱。我举起双手拥抱阳光和空气,我差不多是这样祈祷的:

> 我在此召唤水之力量、气之力量和星之力量,我在此召唤鱼之力量、鼠之力量和鸟之力量。我在此聚集世界和宇宙的奇异力量。仿佛生化为死,死化为生;让痛苦也化为治愈,让悲伤化为欢乐。我只是个成长中的男孩,我们只是普通的小人物,但我们每个人都是伟大的,每个人都是神圣的。现在让我们聚集万物和时间的力量。当治愈之力来临,让我们走上前来。让我们互相触碰,让我们都得到治愈吧。

后来我明白了,我说什么、号召什么都无所谓,甚至我的话讲不讲得通都无所谓。于是我开始呜噜呜噜地喃喃自语,大喊大叫,我像老鼠一样吱吱叫,像猫一样喵喵叫,像狗一样狂吠,像个疯子一样颤抖、摇摆。

> 帕斯拉布维塔!我唱道。力诺维他奇!噢布利旺噢布利托噢布利莫我在天空卷呀转呀翻!让我们召唤乌什曼德里加乌什曼德里加!哦哦哦哦我们这么多大书拉比提金!哦我们这么多书呜呜呜瓦拉斯!

人们惊奇地倒吸了一口气。他说圣语了!人们说。他说的是先人们的语言,一种被遗忘已久的语言。他说的是天使和圣灵的语言。哦,听呀,多美妙!听听他说得多动听。

他们大错特错。我发出的只不过是怪声、歌唱、噪声和喊叫。这些噪声没有任何含义,却有一种奇怪的美感和奇怪的力量。

给我们布蒲!我喊道。给我们布蒲,长你切,肯你靠!倒着戳。瑞格尔拉格尔!哈沙马尼克比利·迪恩!喵喵吱吱咕咕该死的咕。普拉西斯!布利舒诺!甘波斯第!刚果力古拉斯每个人!

不管我说什么,他们都走上前来,很多人会被治愈,然后他们往往又是唱歌又是祈祷,一直庆祝到深夜。

哈!我站在那里的时候,总是那么自豪——带头唱歌,带头祈祷,带来了快乐,取代了痛苦。哈!我想如果我爸爸看到我成为大家的焦点会有多自豪。哈!我变得越来越像他。我强壮、正直、受人爱戴,但是我站在灰尘和泥土上,站在空荡荡的天空下,我身上都是灰尘和泥土,我诡异又疯狂的头发闪闪发光,我身上挂着一件薄薄的沾满灰尘的白衬衫,我嘴里蹦出胡言乱语。哈!哈!该死的,哈!

# 伟大的虚空

这真的有效吗？当然有效了。现在还有接受过比利·迪恩治疗的人在这世界上行走。很快，布灵克波尼的墙壁上就挂满了拐杖。石头堆上放满了眼镜。还有一瓶瓶药、一管管药膏、绷带和助听器。人们带着怀疑的心态来围观和嘲笑，想揭露这一切都是胡说八道，是骗术。他们离开的时候，却都因为惊奇和恐惧哆嗦个不停。

有些人说，这是因为我们活在战争年代，战争愈演愈烈。他们说在这样的怪世里，其他地方还有其他的比利·迪恩。还有其他半疯半醒的奇怪男孩女孩，他们也讲圣语，也能轻而易举地穿梭在生死之间。他们说世界变成了荒野，孩子们也再次变得狂野。

他们说这种现象诞生于战争带来的悲痛和恐惧。可我不知道什么是战争，战争似乎离我很远，在比遥远的蓝色地平线还远的某个地方。

有人说这是上帝的功劳，因为上帝深深爱着这个世界。但是比利·迪恩可没向任何上帝索要任何东西。上帝？哈！上帝是什么？上帝在哪儿？

有人说这是恶魔的行径，我们都要下地狱。有人说地球来日无多了，所有的秩序、理智和真理都崩塌了。有人说这没什么可崇拜的，没什么可怕的，只不过是人们的信念治愈了我们自己。

"你到底有什么力量？"他们想知道。

我告诉他们，我他妈的不知道。我告诉他们，所有问题的答案都只有一个。我他妈的不知道！我告诉他们我他妈的什么力量也没有。治好他们的，是一大片虚空。一个什么都没有的男孩心中有一大片伟大的虚空。

我朝辽阔的天空伸出手。

"看！"我说，"除了空荡荡的虚无，还能有什么？还能有什么？"

我又一次张开双臂说，"没错。什么也没有，但却产生了一种惊人的力量。这么惊人的力量，怎么可能治不好一个小小的人，怎么可能不让你们相信？"

我并不想要他们的礼物，可他们送个不停。马隆太太的宝箱里传出钱币的咔啦声和票据的沙沙声。有些人没有钱，就送来果酱、水果或蛋糕。这段时间麦考弗雷先生也发了大财。访客从他那里买香肠，生火烤着吃。他们买馅饼和布丁。他的肉铺门口排起了队，像过去那样。他开心地站在店里，系着围裙，眼睛熠熠生辉，头顶油光铮亮，一边谈笑风生一边切肉剁肉。

人们跟着我一起穿过土堆来来回回，从马隆太太家回自己家，再从自己家到马隆太太那儿去。空气中碎石的声响此起彼伏，咔啦咯吱噼啪。小石子被踢得到处都是，到处都升起小团小团的尘土。我感觉有手指和手掌向我伸来，是那些需要我触碰的病人，我听见背后传来低声的祈祷。妈妈在破花园的门口拦住他们。不准再往前走了，她对他们说。他还小。他需要休息。让他静一会儿吧。

有时这对我来说是沉重的负担。有一次我觉得筋疲力尽，我告诉妈妈，我不是这块料。我受够这个世界了，受够这个世界的关注了。我还不如永远被锁在我的小房间里,还不如不放我出来。妈妈抱住了我。

"你不能回去,"她轻声说,"你懂的。也许这一切才是你真正的使命。也许这才是关禁闭和隔离的意义。也许这是你在灾难的时刻出生的原因。"

她凝视空中。

"也许你爸爸知道这一切会发生,或者他希望这一切发生,可惜他没留下来看到这一切发生。"

她抚了抚我的脸。

"他为什么不留下?"我问,"他在哪儿?"

她闭上了眼睛,她不知道。

这么多问题都有着同一个答案。

我他妈的不知道!

"事情不会一成不变的,"她说,"这些日子早晚会过去。将来的日子会取代现在的日子。"

我靠在她身上,听着心脏在她身体里跳动。我睡了,我梦见地平线那头那个和平的岛。

我醒来后,发现很多张脸趴在窗外朝里看。一个母亲朝我举起她的孩子。那孩子脸上有一大块紫色的胎记。

"求你了!"那位母亲的嘴无声地说着,"求你,比利·迪恩。"

我叹了口气,我没有别的选择。我的奇怪才能左右了我的命运。我必须行善,我走出去找她。

我把手放在婴儿脸上,胎记不见了。

# 门　徒

他们像往常一样出现,走在我身边。我快到家了,身后有很多追随者。

"请原谅,主人,"杰克说,"我们不想打扰您。"

"但是我们担心您。"乔说。

他们脖子上挂着小小的银色十字架,被阳光照得闪闪发光。他们的蓝眼睛闪过一丝不安。

他们在我面前低下头。

"担心我?"我说。

"您的才能很珍贵,"乔说,"必须保护起来。"

"您也必须被保护起来。"他的兄弟说。

他转身面向追随者,抬起双手。

"请不要推挤主人。"

"我们会累坏他的。"杰克说。

"我们不希望这样,"乔说,"对不对?"

大家嘟哝着"当然不了,我们不想这样"。

"我们有义务关心行走在我们之中的圣人,对不对?"

他们喃喃着"对,当然是这样"。

乔朝他们走去。他们朝后退。

"我们和马隆太太谈过了。"杰克说。

"马隆太太?"我说。

"她也在担心你,她也觉得这是个好主意。"

"什么好主意?"我说。

"由我们来维持秩序。我们来用各种方法替你保护你自己。你消耗得太厉害了。你需要静一静。"

"她了解我们,主人,"乔说,"她知道我们可以信任。"

他们后退一步,低下头。

"请原谅,主人。"杰克轻声说。

"我们只是想保护您而已,"乔说,"如果您不需要我们,可以打发我们走。"

"我们和屠夫也谈过了。"杰克说。

乔笑了。

"他也是个我们记忆中的老熟人。他很好很正派。这样一个人也爱您,您真是太幸运了。"

"但是他和马隆太太都围着您忙得团团转,"杰克说,"我们很荣幸能帮你们分担。"

我踢了踢土。我不知道该说什么,该问什么。

"我们相信您,主人,"乔说,"我们亲眼见证了您创造的奇迹。您从死后世界给我们带来了慰藉。我们无以为报,唯有为您做些事情。"

"你们真好。"我说。

杰克移开了目光。

"啊,主人,别把我们看成天使。我们只不过是不完美的人,只不过想被您的光辉照耀片刻。我们只是想尽一切可能提供帮助。"

"把我们当成助手吧。"乔说。

"或者门徒,"杰克说,"对,就把我们当成门徒。"

他朝旁边等待着的一对老夫妇挥了挥手。

"现在你们可以见主人了。"他叫道。

"我们不会打扰您,"乔说,"我们会退到一边去。"

老夫妇缓缓地走过碎石堆,朝我们走来。

"你几乎不会感觉到我们的存在。"杰克说。

"几乎感觉不到。"乔说。

他们说的是真的。他们又安静又小心,对大家彬彬有礼。他们维持着某种秩序。他们拦住想进入花园大门的人。他们确保大家按顺序排好队。大家喜欢他们。他们让老人们脸上露出笑容,逗小孩子咯咯笑。有时候我以为他们根本不在,可我四下看看就会发现他们在,而且还观察着四周。

我看到马隆太太给他们钱,麦考弗雷先生给他们肉。

妈妈当然也记得他们。她说真好,他们和我一样存活下来了。有时候我回到家,发现妈妈站在门口,和他们谈论着过去的日子。

"他们一直都是好孩子,"妈妈说,"他们帮你减轻了负担,他们很称职。"

是的,他们很称职。不仅是他们现在做的事情,还有他们接下来要做的事情。

# 里世界

有时候，生活本身也像一场附身，也在寻求我的治愈。我不用去马隆太太家。我不用坐在那张水面般的桌子前，不用向虚无祈祷，不需要抬起手，也不用触碰什么人的关节。我只不过是走在路上，或者坐在家里，或者正准备躺下睡觉，我就会突然感觉被整个世界吞没了，被整个辽阔的宇宙吞没了。

仿佛我变成了世界，世界变成了我。

如果这是一个充满了野兽、土、水和鱼的世界，那感觉可真好。我感觉就像在跳舞。我感觉我的手指仿佛碰到了那些最微小的、缓缓爬行的昆虫，我感觉自己仿佛来到了黑暗和光明最遥远的边境。我感觉我在尘土和群星之间转个不停，我的大脑、身体和灵魂里充满了美好和魅力，来自所有时间、空间，所有存在过的事物。

但有时世界却充满了痛苦、死亡和战争。布灵克波尼的爆炸在我心中再次上演。我看得清清楚楚。有些东西我根本没见过，也不可能再见到，但是我清清楚楚地看见了。

我看见了装着炸弹的卡车，还有那些背上绑着炸弹的人。我看见爆炸掀起的火光和烟尘，建筑重重地倒塌，雕像散落一地，我听见了人们的尖叫，他们摔倒、飞跑、号哭、死去。

我不想看见这些，不想感受大火的温度和刺鼻的黑烟。我不想让这些事情一遍一遍又一遍地在我心中回放。可是我没法堵上自己的眼睛和耳朵,没法阻挡它们的进入。

也许上帝也是这样。也许世上曾经真的有一位上帝,他爱世界,那时候的世界崭新又可爱。但是当世界变成了战争、痛苦和死亡,他就不想让他的世界住在他心里了。

他开始憎恨和害怕他亲手创造的这个世界,但是他无力改变,就像我一样。也许随着时间的流逝,上帝找到了把这个世界驱逐出了他内心的办法。

他把它吐出来。

他把它呕出来。

他把它切除了,像切除肿瘤一样。

他抛弃了它。

他去了别的地方,一个宁静祥和的地方。

所以,现在我们看不到、听不到、感觉不到上帝了。

上帝回去做上帝了,除了上帝不做别人。

他变成了最开始的那个他。

他回到了美好的独处生活,回到了空荡荡的宁静地方。

他如释重负。

他又变得快乐起来。

也许现在他正忙着创造一个新世界,一个更单纯的世界。

这个世界里没有我们。

他曾经在这个世界里,但是现在不在了。

没有了上帝,世界像一匹脱了缰的野马。

它变得越来越糟，越来越糟。

哦，那些可怕的附身来临的时候，我多希望我能像上帝那样。比利·迪恩有一个愿望——把世界从他心里拿出来、赶出去，离开这里或者顺河而下，穿过蓝色的地平线，到岛上去。在岛上他可以做他自己，只做他自己。

哈！可惜这并没有发生。我还是一次又一次被附身。情况一次比一次糟。

我看到的不仅仅是布灵克波尼的爆炸，我看到了全世界的布灵克波尼。仿佛我跟着破坏机器飞遍了全世界，到处撒播死亡的种子。我看到一些地方，我不认识也没去过，而且也再也见不到了。但我确实知道也确实看到了，他们在我之中，我在他们之中。到处都是火，是烟，还有倒塌的建筑、震颤的大地、人们尖叫着逃窜和死亡，头顶上是美丽的黑色的破坏机器，它们带来的爆炸撕裂了天空，像闪电，像地狱。所有大地都龟裂了、破碎了，变成了废墟，石头上堆满尸体和尸体的碎片，风里飘荡着哭泣声，土里浸着血液的颜色，大地上到处游荡着死者的灵魂。

比利·迪恩被迫看着这一切。

比利·迪恩，可以用死者的声音说话的男孩。

比利·迪恩，可以治愈生者身体的男孩。

但是比利·迪恩对这一切却束手无策。

他也找不到上帝，一个呼喊着的上帝。

啊，我的人民，你们对自己做了些什么！

# 沼泽地里的伊丽莎白

看,这荒野也在和比利·迪恩一起成长。破屋顶和残墙断壁里长出了树来。绿草爬满了掉落在地的石头。深绿色的常青藤四处蔓延。碎石堆里冒出了石楠,土堆里开出了漂亮的野花。兔子在这里蹦蹦跳跳地生活,它们在地下深处挖出错综复杂的地道,穿过建筑的地基和植物的根须。还有刺猬、老鼠、黄鼠狼、蜜蜂巢和黄蜂巢。有时候我还能看到狐狸悄悄走动。夜里我能听见犬吠和狼嚎。云雀在地上的废墟里筑巢。猫头鹰在旧烟囱里安家。山雀和鹩鹩住进了小缺口和缝隙。老鹰在高空盘旋,扫视着地上游荡的猎物。

没错,这是个美丽的地方。在坑坑洼洼的地方、烧焦的地方,在爆炸留下的废墟里,新的生命开始生长。

让我们继续吧。让我们边走边看——跟着比利·迪恩的铅笔。我们经过了一群逝者亲属。我们经过了一小块营地,营地里的人来向他寻求治疗。他们正在互相展示彼此的伤和疤痕,他们交流彼此的痛苦和快乐,他们向比利·迪恩祈祷。他们在火上烤肉吃。他们抬起眼睛,看着天,看着上帝。

让我们离开布灵克波尼,来到河道边吧。感受一下脚底松软的泥土。看看远处的山和沼泽在光下闪闪发亮。看看远处整齐的海平面。

但是请你移开目光,不要看城市那边升起的滚滚黑烟。

请你移开目光,不要看那飞过的破坏机器。

我们来到一个长满树和灌木的地方。杰克和乔在一棵山楂树后面,他们在抽烟。他们一定是讲了什么笑话,因为他们都在笑。杰克在丢一枚硬币,旋转的硬币在空中上上下下。他们在那儿是为了保护比利·迪恩。这里是比利的一个避难所,他可以独自一人来到奔流的河水旁,在繁忙的附身和治疗中喘一口气。他的追随者不会跟到这里。有时候他妈妈会陪他来坐一会儿,来看看他的情况。有时候麦考弗雷先生会拿来一张馅饼或者一盘香肠。几天过去了,几个星期过去了,几个月过去了,沼泽地入口处的树上挂满了卡片,上面写着比利的名字,写着感谢、希望和祈祷的话语。

让我们从树影里走出来,听听河水的声音。看看波光粼粼的河水流过茎干、杂草和灌木。这是一条小路,而这是河边的沼泽地,阳光洒在这里,河水从这里流过。

比利每次来这里都要找一截金色的烟头,要闻黑色香烟的气味。他在找一个优雅的脚印。他什么也看不见,什么也闻不到。他告诉自己,这种事情只会在梦里发生。不过他喜欢这片沼泽地,这个避难所。

看,他在这里。他坐在岸边,光着的脚伸进河水里。那是一个难得的日子,大地仿佛变成天堂。阳光灿烂,水面摇曳,脚下的泥土温暖而柔软。鱼从水面跃起。豆娘、蜻蜓和蜜蜂飞来飞去。天鹅安静地游过河对岸。云雀的鸣叫直冲云霄,金翅雀在旁边一棵树上歌唱。

"比利。"我轻声说。

他的目光移开水面朝上看，当然他听不见我的声音。

我走得更近了些。磨难的脚步正在接近，我想轻声安慰他。

"比利。"他环顾四周。哦，可怜的孩子。可怜的年轻人。"比利。"

"比利！"

一个女孩，或者说一个女性的声音传来。

"比利！"

哦，是她，是那一天。让我们退后别动，静静地看着吧。

只有铅笔在动。

他惊讶地抬起头，他想难道杰克和乔没在外面守着？

"比利。"

他没回答。他听见脚步声和拨开树枝的声音。他还是没回答，直到艺术家伊丽莎白出现在他面前。

"是我，"她说，"伊丽莎白。"

他抬起一只手打招呼。她穿着蓝色牛仔裤和白T恤，脚上穿着双白鞋。

"没人拦住你吗？"他说。

"他们说他们觉得我比较特别。他们说你要是不想我来，你会赶我回去的。我走过来的时候，他们还笑呢。"

她走近，和我一起坐在水边。她用手指在淤泥里画起画来。

"我今天看见你了，"她说，"我看见你祈祷和治病了，比利。"

"是吗？"

"是的。你说的那些怪话真可爱，做的那些怪事也真可爱。"

她来就是说这些的吗？

"我知道。"他叹气道。

他看向水面，有鱼在水面下闪闪发光。

"所有那些人，"她说，"所有那些伤那些痛那些死亡，还有所有那些安心和快乐。"

他沉默了。

她指向河对面一只天鹅，她用手指在空气中比画着它的形状。

"地球上怎么会有这样的生物？"她说。

他摇摇头。这个问题没有答案。他们默默地看着天鹅。

"它们的羽毛可以做成笔，"他终于说，"羽毛笔可以在兽皮纸上写字。它们……"

他停下来。他们看着天鹅。

"我就是这样来到这里的，"她说，"我沿着路走，沿着河走，我发现我走到了布灵克波尼的边境。我本来只想待一会儿，但是我留在这里的时间越来越长。"

他看着河水越流越远。

"可能很快就要到再次启程的时候了。"她说。

"你去过城市里吗？"他说，"你去过岛上吗？"

"都去过。"

"你看见过我爸爸威弗雷神父吗？"

"哦，比利。没有。没有。"

"没关系。忘了这事吧。我们看漂亮的天鹅。"

"你是个很有天分的人。"她说。

他转过脸不看她。她到这儿来就是说这话的吗？

下游传来沉闷的砰的一声，又一声。他们看过去，什么也没看见。

"你觉得一切都结束了吗？"她说，"你——"

她还想说更多，可他轻轻摆了一下手，让她不再说下去。

"别说话，"他说，"也别问问题。它们什么也不是，只不过是词语和词语还有词语。听听鸟叫。你听。听听水声，听听微风中的树叶声。听听草声还有……"

他用手捂住了嘴，让自己不再说下去。

"这一切都不需要治疗，"他隔着手指轻轻地说，"也不需要我把它们从死后世界带回来。"

他们一起听了又听。砰砰的声音没有再传来。只有一片寂静。当人类安静下来的时候，那种声音没法形容，用什么字什么词什么符号都不能。

"跟我一起下河吧。"他说。

他站起来，踏进水中，回头看着她，伸出了手。

她跟他一起下了水。她的白鞋子有一点陷进泥里，被染黑了。他拉着她的手，带她走进水里。他们越走越深，湿冷的水和拉拽的力量让她不禁倒吸了一口气。水没到了他们的腰。她踮着脚站在石头河床上，稳住身子不让自己摔倒。他们紧紧拉着手，走到水越来越深的地方。他们在彼此眼中看到了怕，也看出了笑。他们继续走向深水处。河水在他们胸前翻涌。他们只要往后一倒，就会立刻被河水卷走。比利笑着水下的鱼，他指指下面，两个人一起看着鱼在水里忽闪来忽闪去。伊丽莎白吸了口气，鱼就在她身边游泳、扭动，就在她面前浮出水面，无声地说着"哦哦哦哦"。比利把头伸进水里，前后摇动，他感觉到头发上的糖被鱼吃掉、被水冲走了。他再抬起头，头发盖住了他的眼睛、脖子，垂到了他肩上。她伸手拨开他脸上的头发。他们你看着我我看着你，不需要任何言语。他们之间只有沉默，还有周围世界发出的悦耳的声音。比利觉得她真漂亮。他们在水中拥抱。她钻进他怀里，教给了他什么是吻。他也贴近她，他人生中第一次感觉到，他想进到她身体里什么地方去，想进到她心里，这样一来，他就能变成她，然后比利·迪恩就什么也不剩了，再也没有什么比利·迪恩了。

他还不知道该怎么做。

她笑着退回到水流中。她拉着他又回到岸上。他们站在草地上，他们衣服湿透了，水从他们身上和衣服上流下来，流进土里。

鸟儿们在他们身边歌唱。

"你看看我们！"伊丽莎白大笑起来。

她说她该走了，她又吻了他。

"你真美。"她悄声说。

他张开嘴想说话，可是她已经走了，她穿过灌木丛回了布灵克波尼。

# 大傻瓜

我真傻,真不该听他们的话。我真是个傻头傻脑、脑袋空空的傻瓜。真是太天真了。真是个该死的蠢到家的蠢货。

"你真是太伟大了。"他们告诉我。

"你是光荣,你是奇迹。"

"你的触碰有魔法。"

"你创造的是真正的奇迹。"

"接受我们的礼物吧。"

"接受我们的祈祷吧。"

"我们很荣幸有你在我们之间。"

"接受我们的祈祷吧,哦,比利·迪恩。"

我真傻。真傻。真傻。真傻。

他们还说,我能起死回生。

我真傻。

他们说我的触碰能让死亡停住脚步。

我看到他们走呀笑呀跳呀唱呀的,明明他们来找我的时候充满痛苦和忧愁。

我真傻。

我看见他们心中的怀疑和阴暗不见了。

我看见光明和生命涌入他们心中。

我每天每天都面对着这些,就像外面的世界每天每天都在爆炸,怀疑和黑暗一次一次又一次地降临。

一个明亮的日子,我正在去马隆太太家的路上,他们抬来了一具尸体。

他们抬着尸体迅速穿过碎石堆,嘎啦咯吱咯吱。

他们四个人肩扛一块木板,载着尸体。

一个哭哭啼啼的女人走在他们身边,咯吱咯吱。

他们把木板放在一堆石头上。

咯吱。

尸体被床单包着。

我知道他们找我,就是找我,不可能是找别人。

于是我离开去马隆太太家的路,朝他们走去,咯吱咯吱。

"你是比利·迪恩。"那个女人对我说。

"是的。"杰克突然出现并说道。

"你有什么愿望?"乔说。

"我们带来了我儿子。"她说。

男人们开始掀开床单。

她伸手抓住我的手。

"把他带回来吧,"她说,"你是比利·迪恩。碰碰他吧。带他回来。"

一些人聚了过来。消息传开了。人越来越多。妈妈跑着赶到我身边。她朝那个女人伸出手,但她低声说着,"回家吧比利。来吧,跟我回家。"

我一动不动。我看着床单被掀开，露出下面那具尸体。这是一个穿着绿衣服的年轻人，胸口溅上了血，形状像一颗星星。

"求求你，"那个女人说，"我还没准备好接受他的离开。你可是比利·迪恩。碰一碰他吧，比利·迪恩。"

我盯着空荡荡的天空，望向一片空虚，只有一对乌黑乌黑的百灵鸟在歌唱。

我听见他们的声音。

"他能做到。"

"你能做到，比利。"

"他当然能做到。"

"他可是个奇迹。"

"一个创造奇迹的人。"

"你的触碰能带来魔法。"

我又看了看周围。

"去吧，主人。"杰克说。

"给他们看看你的伟大力量。"乔说。

他们举起双手，让大家给主人留出点地方。

我看见马隆太太靠在她的拐杖上，脸上一片茫然。我心中响起了她的声音。

"看来你的潜能是无限的，威廉。"

"不，"妈妈说，"跟我走，儿子。"

"求求你。"那个女人央求道。

伊丽莎白朝我走来，杰克和乔放她通过。

"你不要勉强,"她说,"这事没人能做到。"

但是我看到了她眼里的疑惑。你能做到吗?

尸体在木板上静静地躺着。

我蹲在它旁边。

我摸了摸他冷冰冰的脸颊,摸了摸他的眉毛。我把手放在它胸口上,放在那摊冰冷的凝固了的血迹上。我试图想点什么,低声念点什么,唱点什么,想点该死的祈祷词或者该死的嚎叫。我甚至努力试过了。我站起来,朝天举起手。我喊出一连串胡言乱语。但是什么也没发生,我知道没有。什么也没有。只有这具冰冷的尸体,我冰冷的手,还有那个女人的哭泣。我叹了口气,再次蹲在尸体旁边。我觉得它死后也还是这么漂亮。我看见小甲虫爬了过去,一只又一只。我伸出手,让甲虫爬过我的手指,再爬回那个年轻人的皮肤。也许周围的人以为我在祈祷,以为我陷入沉思或是被附身了。其实我只不过是在看甲虫,看它们爬来爬去、前前后后,看它们爬上尸体的脸颊、眼皮、耳垂。我好奇甲虫爬动的时候脚下会不会有咯吱咯吱的声音,我好奇它们知不知道有个人在从天上看着它们。很快其他小虫和甲虫也爬了过来——有些小得几乎看不见。

我看着虫子,听着人们的窃窃私语。发生什么了吗,你看见什么了吗。

有人倒吸一口气,"他动了!我对上帝发誓,我看见他动了!"

"没错!"另一个说,"动了!动了!"

又一个傻瓜。我们都是傻瓜。

我看见一只甲虫爬进了这个年轻人的鼻孔,又一只爬进了他的眼睛，我想到这些小生物接下来就要开始探索他的身体内部了，我明白了死人如何回归大地，如何变成大地的一部分，我发觉这种血、肉、骨头、尘土和小爬行动物之间的融合是如此的美妙。

我抬起头，看见麦考弗雷先生的大红脸，他站在人群后面温柔地看着我。我也看着他。他笑了。我想和他一起笑。我想放声狂笑。我或许也可以试试让他的一块羊排起死回生。我或许还可以试试让一串最上等的香肠起死回生。

我把手从那个漂亮青年的尸体上拿开。

"对不起。"我对那个哭泣的女人说。

"我真是个大傻瓜。"我说。

# 我和他面对面

就在这时,我终于和他再次面对面。

人群一时还没有散去,他们看着我。那个女人还在哭个不停,他们抬起她儿子,把他抬走了。

妈妈抱了抱我。

"他们怎么能期望这种事情?"她说,"别在意,比利。"

马隆太太竖起一根手指,表示她还在等我,然后转身朝她的会客厅走去。

麦考弗雷先生也抱了抱我。他脸上还挂着笑容。他没把这当成什么大不了的事。他耸了耸肩,然后扭头回店里去了。

"跟我来。"妈妈说。

"跟我来。"伊丽莎白说。

"治好我吧。"一个老人说着走过来,向我伸出他干枯的手。

"碰碰我吧。"另一个人说。

"他只不过是消耗过度了。"一个女人说。

"你能行的,"另一个人说,"如果死了没过多长时间,如果是别的死法,如果……"

"我们依然相信你。"有人在我耳边轻声说。

碰碰我。治好我。保佑我。帮帮我。

我受不了了。我看看围在我身边的一张张脸,看看布灵克波尼的废墟，看看头顶上云雀飞舞的天空。

"让我静一静，"我轻声说，"让我静一静。"

"没错，你最好静一静。"妈妈说。

但是她还抓着我的胳膊。伊丽莎白还拉着我的手。我一甩手挣脱了她们。

"让我静一静！"

她们收回了手。我转身离开。杰克和乔来到我身边，像是想和我一起走，我叫他们走开。走开！然后他们消失了。接着我看见了他，他站在那些围观人群的身后。他头上包着黑头巾。脖子上系着一条黑围巾。是他，他亮闪闪的眼睛和冷冰冰的表情。我们四目相对。他好像在围观，在记笔记。我想出声喊他，但是那些话语都堵在了我嗓子眼。我朝他走过去。我推开挡路的人群。我经过的时候他们都围上来碰我。我挣脱了人群，却看见他离开了，他转身走了。我在碎石堆上跌跌撞撞。我脚下不断打滑，像过去那个傻乎乎的我一样，像我刚走出黑暗来到这个世界时那样。我想喊他的名字，可是喊不出来。我发出咯咯吱吱的声音，像过去那个结结巴巴的我，像野兽。突然我不能呼吸也不能动弹了，因为他停下来，转身看了我最后一眼，接着消失在那些断墙残壁和破房子里。消失在可怜的布灵克波尼的无底黑洞中。

我像尸体身上的甲虫一样跑来跑去，可我怎么也找不到他。于是我想这一定是幻觉，是自己骗自己，是我被附身了，是一个幽灵从死后世界来找我了。

妈妈又来到我身边，她扶起我，紧紧地抱住我。

我一看她，就明白了她什么也没看见。

"我看见他了。"我轻声说。

"谁？"

"爸爸。我的父亲。"

"哦，比利，回家吧。"

我呻吟起来。

"哦，比利，回家吧。"

我紧紧地抱着她。

"哦，比利，回家吧。"

她摸了摸我的脸。

"是你太焦虑了，"她说着吻了吻我，"你不能再继续了。我们要勇敢点离开这里了。"

我意识到我在流眼泪。

"哦，比利，"她说，"是你的思念让他出现的。这只是个白日梦。"

我冷静下来了。我告诉自己，是的，这是个幻觉。我告诉妈妈我明白了。我告诉她马隆太太在等我，我得走了。

她抓住我。

"让我走！"我恶狠狠地说，"你让我走！我又不是小孩子了！"

于是她离开了。我看着她的背影。我看看四周，什么也没有。接着我听见马隆太太的声音在碎石堆上回响。

"威廉！威廉·迪恩！"

我看她站在不远处，我叹了口气。

"威廉!"她柔声喊道,"死者的亲属们在等你了。"

我朝她走去。

我们经过我家门前。

我隔着厨房的破窗户看见了妈妈,她孤单一人。她来到门前。我告诉她,我现在好多了。

我还看见杰克和乔在我们经过的时候朝我鞠躬,并问我恢复了没有。

"恢复了。"我说。

然后我们穿过那扇上了好几道锁的门,穿过走廊,来到那间珍奇的会客厅,准备被死后世界吞没。

# 黑暗中的新声

动起铅笔来，写下那些符号，写出那些必须写的。

让我们从简单的事情开始讲起吧。从放进你手里的那串项链开始，那时你坐在马隆太太家的桌前。递给你项链的是一位表情亲切的老人。他叫詹姆斯，他很腼腆。他扭过头去，对你说他是多么爱她。虽然这是很久以前了，关系也没持续多久，那时他们都还是孩子，但是他怎么也忘不了她。他只来得及给她送上一件小礼物，就是这条项链。你看了看它，一条细细的、脆弱的银项链。

"我很好奇，"他说，"她是不是还在什么地方。我想我还有没有可能再见她一面。"

"她叫什么名字？"你问他。

"她叫贝斯。"

现在这一切对你来说都是轻车熟路。皮肤上传来物品的触感，耳边传来死者亲友的声音，水面般的桌子旁传来围观群众和马隆太太的视线。

然后是寂静。

然后是等待。

你被撕裂，你被甩进黑暗之中。

然后你看见了詹姆斯老人年轻的时候。他站在一座桥上，阳光灿烂，微风吹拂，海鸥从桥下飞过，水流在远远的低处奔腾。音乐从河面上一艘船里传来。河边有一座城市。有塔、有教堂、有房子。一切都完好无损，没有倒塌也没有毁坏。所有事物都是它本来的样子，是遭遇破坏机器之前的样子。桥上和河边的路上有很多行人走动。你能感觉到他的心跳。你能感觉到他心中的坚定和愉快。他给自己哼着一支甜美的小曲。银项链装在他的口袋里。他伸手摸了摸，检查一下东西还在，咧嘴一笑。他看向桥下，下面真美，粼粼的波光、亮白色的海鸥、红蓝相间的小船，还有音乐。然后他转过身。她来了，他等的人来了，是贝斯。她笑着快走过来，脚下的黑鞋踩在桥上的石板路上咔咔作响，红色的头发盘在头上，红外套随风飘荡，她的绿眸子是那么的明亮。他快步上前去迎接她，张开了双臂。你深深陷入附身的状态中，说不定你也张开了双臂。

"是的，"你低沉地说道，"她在桥上。她正在朝你走来。红头发红外套绿眼睛。她正在喊你。詹姆斯！詹姆斯！她高兴地直笑，因为见到你了！"

也许詹姆斯这会儿正紧紧握着你的手。也许他倒吸一口气说，"是的，就是她、就是她、就是她！是贝斯！哦，比利，你把她带回我身边了。"

但是她没停留太久。你再一次被撕裂，光明离你而去。黑暗之中突然响起一个新的声音。

"比利！比利！比利！"

是你妈妈的声音。这不是那种穿过布灵克波尼的紧张的低声呼唤，不是喊你回家的那种声音。这是充满痛苦、震惊和恐惧的尖叫，是从最深最深的黑暗之中、从死亡的边缘传来的。

"比利！"她尖叫，"你看他对我做了什么！"

# 她躺在那里，她死了

詹姆斯在你身边弯下身子，欢迎你回来，他感谢你、称赞你。马隆太太在他身后，其他人在那张水面般的桌子旁。你没对任何人说任何话。你跑出房间，跑下楼梯，跑出门，跑上碎石堆，咯吱咯吱咯吱咯吱咯吱咯吱。星星和月亮的光明晃晃的，冷风呼呼地吹着。咯吱咯吱咯吱咯吱该死的咯吱，石子和卵石被踢得到处都是。他脚下不停地打滑。穿过布灵克波尼废墟的路上，你满脑子都是刚才的声音，尽管附身已经结束了。比利、比利、比利、比利！这叫喊声听起来永远不会结束，可是它变了调，越来越尖，变成了嚎叫和尖叫，没有了言语，就好像它再也说不出话来，仿佛一切都结束了，一切感觉都消失了，只剩下这声满世界的尖叫持续到永远。

你跑回家，打开门，里面一片寂静。窗帘被拉上了，屋里闪烁着昏暗的光。

你走进那间神圣的厨房。她一动不动、安安静静地躺在耶稣脚下。

她一点儿声音也没有，一点儿动静也没有，一口气也没有了。

这种痛苦该怎么形容？答案是根本无法想象。

没有符号、没有语言能够书写，也没有故事能够描述得出这种感觉，哪怕是一丁点儿。

她躺在那里。

她死了。

你走过去和她躺在一起,眼泪流个不停,你甚至可以一直这样哭下去。

如果不是因为你听见了房间里的动静。

如果不是因为那些声音。

如果不是因为那个问题:

"主人!什么风把您这么快吹回来了?我们没想到您这就回来了。"

# 该死的祝福

杰克和乔站在走廊里，站在通向我小时候住的那个房间的走廊里。第一扇门和第二扇门耷拉在门框上，我小时住的房间正大敞着。

"你是来创造奇迹的吗，主人？"杰克说。

"你是来让她起死回生的吗？"乔说。

"今天你没成功。"杰克说。

"那只不过是一次练习。"乔说。

"练熟了就好了。"杰克说。

"所以我们得赶紧弄死他，这样他可以先练习着复活自己。"

"然后他就可以顺便复活他神圣的母亲。"

他手里拿着一把刀，他朝我走过来。他低声说：

"我们告诉过你我们担心你，小比利。我们说过你需要保护。你看看现在谁能来保护你？"

他举起刀。他咧嘴笑起来，露出了牙齿。

"接受你父亲的祝福吧，小比利。"

可是他没料到我手里也有一把刀。我的屠肉刀，被我保养得又干净又锋利的刀，我用起来很有手感的刀，我用来削铅笔写字的这把刀。他的衣服好薄，皮肤也好薄，肉也好软，和其他动物的肉一样。刀很容易就插进去了。乔惊呆了。我也捅了他一刀，捅进脖子里。

我蹲在他们身旁。

"这是我给你们的治疗，"我告诉他们，"这是你们的主人比利·迪恩给你们的该死的祝福。"

我捅了他们一刀又一刀，直到他们去了黑暗世界。

然后我又静静地躺回妈妈的身边，我身上有血，我心里只有痛苦和寂静，我以为这一切结束了。

可是我闻到了黑色香烟的气味，看到烟雾飘进了门。

接着我听到了他的声音。

"比利，到这里来。"

# 命中注定

他坐在沙发上，穿着一身黑。他头顶的灯泡忽明忽暗。屋顶的天窗外面是一轮满月。除了他的烟味，屋里还有一股老鼠和垃圾发出的恶臭。沙发被咬烂了，整个屋子又破又旧。地板上布满灰尘、碎石和掉下来的石膏。他的眼睛依旧亮闪闪的，但是我看得出来，他开始老了。他脸上长了皱纹，头上长了灰发，眼睛开始泛黄。

"爸爸。"我像个小男孩一样轻声叫道。

"你好呀，比利。"

他的话、他的声音让我无法呼吸，这么多年我只能在梦里听到的他的声音。

"我以为你一整晚都要和死人待在一起。"他说。

"本来是的，现在他们不在了。"

"哈哈！挺好。"

"我妈妈她！"我倒吸了一口气。

他闭上眼睛，呻吟起来。

"对了，你妈妈。你不应该在这儿，比利。要不然我早就走了。这和我计划的不一样。"

他用力吸了一口烟，烟头噼里啪啦响。我听见烟雾渗进他体内的声音。他吐出烟雾，在他头顶形成了一条烟柱。

"但是你来了，"他说，"也许事情注定是这种结果。"

我傻乎乎地站着。我想冲进他怀里，我想捅他一刀，我想哭，想大哭。

"你的故事传得很远很广。"他说。

"是吗？"

"是的。我今天看到了，人们怎么看你的，他们有多么爱你。你变成一个结实的年轻人了，比利。你别介意那个死人的事情。没人能做到那种事。"

"我妈妈她！"我叫道。

"我知道，儿子。她真漂亮。"

他向后一仰，环顾房间，然后看着头顶的窗户。

"你记得原来我们一起看星星吗，比利？"

"记得。"

"看到你眼睛的那一刻，我才真正看到了星星。你还记不记得那些动物，那些书还有——"

"记得，我记得。"

"我就像上帝，比利。"

"像上帝？"

"对。你记不记得我告诉你，他要回来看看他创造的事物？"

"我记得。"

"没错，愚蠢的上帝。你想想看他都遇见了些什么。你靠近点。让我摸摸你。"

"我妈妈她！"我低声说。

"我知道，儿子。我不是故意的。过来。让我再拥抱你最后一次。"

他温柔地笑了。

"我本来打算匆忙回到布灵克波尼,看看我儿子,拿上点东西就走。我是这么计划的,愚蠢的爸爸。"

他指了指地上散落的几片纸。

我蹲下来看。那些纸褪色了,被老鼠啃了,但是我认得出来。那是我小时候画的爸爸。胡乱涂写的爸爸的故事。还有我收藏的他的照片,已经裂了碎了。还有他写给我的话,写在我那时还读不懂的诺亚和洪水的故事反面。

愿你茁壮成长,我的儿子。满怀爱和祝福,威弗雷神父。

还有用胶带粘起来的那页纸,写满了他的话。

**你是个怪物,比利·迪恩。**

我的眼泪唰地就流了下来。

"我当初就不该把这些东西留在这里,比利。我不能让人们知道一个神父还有这样一面。"

他解开他的黑外套,露出里面亮闪闪的紫色丝绸。

"你看看你的神父爸爸现在多体面,比利。你不骄傲吗?"

"我妈妈她!"

他朝我伸出手。

"我爱你,比利。我一直爱你。但是你要知道,你妈妈对我来说什么都不是。"

"哦,爸爸!"

"是真的,比利。你要恨我吗?可能会吧。应该会吧。也许这能让你明白，世界有多邪恶，世界一直就是这么邪恶，世界正在变得多么邪恶。上帝不在了，比利，我们全都变成了怪物。尤其是我，比利。邪恶。从一开始我就是邪恶。证据无处不在。"

他站起身，我也不由自主地站在他面前，让他抱住了我。他的心跳、他的呼气、他的气味传了过来。

"这次你给我做什么东西了吗，比利？"

"什么东西？"

"没有大师之作？"

"没有。"

他把手伸进口袋，掏出那本旧书，那本用羽毛笔在动物皮上写成的旧书。

"这是我拥有过的最美的东西，"他说，"我一直把它带在身上。"

他小心地拿着它。它已经发黑、变干、变硬，缩成了一团皱巴巴的东西。我摸了摸它，摸了摸旁边爸爸的皮肤。

他笑了。

"你记不记得你在我身上写字？"他问。

"我记得。"

"对，用羽毛写。那些字过了好几天才掉——写在我皮肤上面的大师之作。哈！你还记不记得，那些字划破了我的皮，我们的血混在了一起？"

"我记得。"

"对，我的血流进了你的血。现在我也看得出来，你继承了我的很多东西。你是不是会变得和我一样坏?你会变成怪物吗?"

"我不知道,爸爸。你不坏,爸爸。"

"我不坏?哈!我为你骄傲,比利。你怎么会变得这么好?"

我想了想手里的刀,想了想隔壁房间躺在地上断了气的杰克和乔。

"我不好。"我告诉他。

"哦,儿子。过来。让我们做个了断吧。"

他呻吟一声,把大师之作扔在地上。我脖子上戴着那条黑边围巾。他两手分别握住了围巾的两头。

"你还戴着这个呢,比利?"他说,"纪念过去快乐的日子?"

他拽着围巾把我拉过去。他把围巾两头交叉,紧紧地勒住了我的脖子。我盯着他眼睛中心的黑暗看,就像上次一样。

我们互相看着彼此,一切都静止了。

"我出生那天你就想这么做了,"我吸着气,"是不是?"

"是不是呢,比利?"

"是,所以你回来了。要不是你当初抱了抱我,看了看我的眼睛……"

他拉紧了围巾,我说不出话来了。我想象他双手捏紧妈妈脖子的样子,她的尖叫穿过死后世界传到了马隆太太家的会客厅。

"对,"他说,"没错,比利。你说得对。我好几次都想这么做。但是我爱上你了,儿子。我爱你,我一直爱你。"

他又勒紧了围巾,我几乎不能呼吸了。

他一定知道我手上拿着刀。因为我捅了他的时候,他叹了口气，露出了微笑。

"啊，这就对了，比利。"他气喘吁吁地说，"祝福我吧。伤害我吧。在我身上写你的大师之作吧。来吧。结束这一切吧。好孩子。对，再来一刀。再来一刀。"

他倒在我身上。我想把他扶起来。

"对不起，"他轻声说，"我真的很抱歉，儿子。"

然后他倒下了，结束了。也许这才是真正的命中注定的结局。

# 真　相

我杀了我爸爸。

他躺在我长大的这个房间里,死了。我躺在他身边哭泣。

我听见外面的门开了。脚步声传来,麦考弗雷先生和马隆太太的声音响起。

发现我妈妈断了气躺在耶稣脚下之后,我听见他们惊恐地叫了起来。

他们叫喊我的名字。

"比利!比利!"

马隆太太出现在我面前。她看了看爸爸,又看了看我手中的刀。她径直向我走来,扶起我,紧紧地抱住了我。我们就这样在这一片骇人的狼藉中站了一会儿。

她带我来到厨房。

屠夫正跪倒在妈妈旁边。

死掉了的杰克和乔躺在不远处。

我看见窗外的夜空下有一群追随者。

"维罗妮卡!"屠夫叫道,"维罗妮卡!"

他俯下身子,掰开她的嘴,朝里面吹气。他给她吹气,按压她的胸膛。他呼唤着她的名字,一口又一口地向她口中吹气。

"维罗妮卡!"

相信我接下来要写的事情吧,因为这真的发生了。她动了,她动了一下。

他继续呼唤,继续吹气。

她又动了。她又动了一下。

我不敢相信这是真的,但它确实发生了。

她睁开了眼睛。

麦考弗雷先生把她从地板上扶起来。

他扶着她朝我走来。

"哦,比利,"她说,"我以为我要失去你了!"

# 结　局

削尖铅笔。赶快写完。讲讲我们接下来做了什么。

我们把爸爸从地上抬起来，放在那张灰扑扑、被老鼠啃烂的床上。马隆太太让我们出去一下，好让她给爸爸做一下准备。我们等了一阵子，然后她出来告诉我们，准备好了。

我和妈妈走了进去。我身上有他的血，妈妈脖子上有他掐出来的手指印。

房间里烛光环绕。他躺在那里，里面穿的那件紫色绸衣完全露了出来。他身上的血被洗掉了，他脸上的表情很平静，看起来很安详。他的双手被叠在胸脯上。我们吻了吻他的脸颊。妈妈梳了梳他的头发。他的身子已经变冷了，非常冷。他身上还残留着他的气味，关于他的记忆从他身上涌了出来。

妈妈跪在了床边，我想她在祈祷。

我把那本破旧的大师之作放在他身边，我还放上了其他我童年时代的东西：一个塑料猩猩，一支旧铅笔，一张我小时候画的妈妈画像，一张我自己的画像，一张褪色的旧纸，上面的字都看不清了。妈妈也放了些小东西上去：一只耳环，一缕她的头发，一管发乳。

我来到厨房，把那些雕像给他搬过去。我不知道她会怎么想。她看着我，想了想然后说："对，这些也应该拿过来。"

她也来帮我搬。我们把雕像摆在床周围，圣弗朗西斯、圣塞巴斯蒂安、圣凯瑟琳、圣帕特里克、圣母玛利亚和其他所有雕像。我们让雕像靠在墙上、互相靠在一起、靠在床上，这样它们才不会歪倒。我们小心翼翼地、不紧不慢地布置，因为很多雕像挪过以后需要修整一下。我们把天使挂在灯线上。我们把天使翅膀的碎片摆在他周围。

我搬来童年耶稣的雕像，把他放在离爸爸最近的地方。

妈妈拿了根羽毛和耶稣的一只手留给自己。

麦考弗雷先生帮我们把杰克和乔拖了进来，安置在床脚。

我们关上了灯。

一束月光和星星点点的灰尘落在他脸上。

"他看起来很美。"麦考弗雷先生说。

"是的。"妈妈说。

墙边传来老鼠抓东西的声音，一只猫头鹰的咕咕叫，还有狗吠声。

"好了吗？"麦考弗雷先生说。

"好了。"妈妈说。

于是我们吻了爸爸最后一次，退出房间。

屠夫带了一个工具箱。他把里面那扇门拧回门框上，钉了一块木板在门上，在上面刷了几个字：

**亡者之地，请勿进入。**

他把第二扇门也拧紧关上。

他又把那些字写了一遍。

尽管门修好了,门上也写了警告,可我们都觉得他还是太暴露了。我们开始拖来东西堵在门口,椅子、柜子、盒子,等等。我们把很多小东西堆在了门口。

天已经开始亮了,鸟儿们已经开始它们清晨的鸣唱。

我来到花园里,捧来大把大把的碎石,堆在门口越堆越高的小山上。我们都这么做了。我们搬来了石头、砖块和布灵克波尼废墟的碎片。

麦考弗雷先生咆哮起来。

他挥起他的屠肉斧头,砸向厨房的天花板。他又砸了一下,石膏掉落在了我们身边。

他看了看我妈妈。

"没关系,麦考弗雷先生。"妈妈说。

他拎着斧头走向她,一把抱住了她。他们两个站在那儿,就像个合二为一的生物从布灵克波尼的废墟中冒了出来。他抱了她好几分钟,他低声喃喃着很多听不懂的话。

他松开了她,朝我走来。

"你是珍宝,"他嘀咕道,"你是奇迹,比利·迪恩。"

他又挥起斧子砸向天花板。

"让这段日子过去吧,"他说,"让这一切毁灭吧!"

天越来越亮,他一斧子又一斧子地砸着。更大块的石膏掉落下来。他砍向石膏板后面露出来的木头,用斧子猛拉。他站在我们堆起的小山上面,用他的粗胳膊大手猛拉。厨房开始塌了,碎片落在小山上,让它更高更宽。很快我们身上就满是石膏、尘土,还有我们被砸伤之后流出的血。

有一瞬间我甚至想，我们就这么站着不动，直到我们被砸倒在地，被埋起来，变成废墟的一部分，变成未来的荒野的一部分。

但是妈妈扯了扯我，我们离开了这里来到外面。

麦考弗雷先生使出更大的蛮劲，又是砍又是拉又是扯。他把门从门框上踢了下来。他对着门框一阵砍，然后也把门框踢了下来。他用他的大脚大靴子踢墙砖。他用他的宽肩膀撞上去，用拳头砸了一下又一下。我们看到了这堵墙有多脆弱，那些石膏、连接物和砖块简直像土做的一样。他诅咒布灵克波尼的建设者，说他们造的墙连一个屠夫的拳头都挡不住，更别提挡住炸弹了。他又砸又踢，又喊又叫。

房子的吱呀声和嘎吱声越来越响，麦考弗雷先生安静了下来。他静静地站了一会儿，隔着坏掉的门和开裂的窗户看着我们。妈妈喊他的名字，但是已经晚了。房顶和墙壁倒在了他身上，只剩下一堆破败的碎片，堆在麦考弗雷先生和装着爸爸的那个房间上。

追随者们跟着我们冲上去，清理压在屠夫身上的废墟，可是他已经死了，走了。那些最微小的生物已经开始爬进他的身体。他已经开始化为尘土。

我站在那里，和妈妈一起哭了起来。伊丽莎白来到我身边，握住了我的手。

马隆太太身子前倾，用她的拐杖轻轻敲了敲麦考弗雷先生。

"再见了，好屠夫。"她说。

很多人围在我们身边，静静地站着。

一只乌鸦飞来，它落在房顶上那个小窗户上。它栖在窗框上，歪着头，一只眼睛透过没碎的玻璃，看着下面的昏暗。然后它再次跃上天空，发出沙哑的叫声。它朝西飞去，向着那片正在消失的黑暗。我们看着它的身影，直到它变成了一个小黑点，最后变得看不见。

布灵克波尼的上空升起了太阳，就像每天必然会发生的那样。天空变成了蓝色、粉色、金色，所有鸟儿都在鸣叫，云雀、乌鸦、画眉、家雀、鹪鹩、燕雀的歌声传来，从世界的最远端、从时间的最深处、从我们心中最深最远的深渊中传来。

# 第三部 岛

随着时间的流逝发生了很多变化。我们做了这些，我们在这里。

我们清理干净了麦考弗雷先生身上的碎石。我们洗去了他身上的土、血，还有布灵克波尼的碎片。我们把他搬到他踢掉的那扇门上，我们一帮人抬着他来到了当时他埋葬杨科维亚的地方。我们穿过一间又一间地下室，来到了布灵克波尼地下最深的深渊。

我们把他放在了这里，挨着一处地下溪水。

妈妈、伊丽莎白和我准备永远离开布灵克波尼。

马隆太太说她的腿太瘸了，没法穿过这个世界到谁知道的什么地方去。她要和那些灵魂和死者亲属在一起。她会保守我爸爸死去的秘密，就像她当时保守我这个儿子活着的秘密一样。

她用拐杖敲了敲我。

"你做得很好。"她说。

她在我的脸颊上留下一个冷冰冰的吻。

"谢谢你，威廉。"她轻声说道。

追随者想跟上来，但被我劝了回去。他们应该互相治愈，他们应该让死者安息。如果他们做不到，或者他们应该去别的荒废地方，去找别的半疯半醒的男孩或者女孩。

"原谅我，"我说，"忘了我吧。让我走。"

一旦上了路，一切都是这么简单。我们在河边走了两天两夜。

我们穿过荒野，绕过城市，然后又回到了河边。我们到达海边的时候，海水高涨，海面一片宁静。它就在那里，像我一直在画里和梦里看见的一样。它像是漂浮在海洋和天空之间。我看到了岩石上的城堡，小镇的屋顶还有长满草的沙丘。

潮水退了，我们就走了过去。

很容易就走过去了。

岛上是个简单的地方。大海、天空、沙滩和绿草，有风、有雨，还有不断变幻的光。岛上还能隔海望见其他布满岩石的岛屿。岛上有几座房子，几家旅馆，还有一两家咖啡屋。还有城堡。渔人和渔船停在小港口。有一座教堂，一座废弃的教堂，还有一片墓地。这是个神圣的地方，是朝圣者聚集的中心。有时候朝圣者们站在深水里，一起唱赞歌，为和平祈祷。有时候他们在沙滩上插十字架，然后哭泣。

海鸟围绕着我们。小群海鹦冲来冲去。海豹有时候会游得很近，把头伸出水面，露出它们的小胡子。我们还见过海豚跃过，就在港湾的墙外。还有一次天气特别好的时候，我们看到鲸鱼在不远处的海浪中翻滚。

我们住在一条翻过来的船上。我们刚来的时候，它还很破旧。只要我们能修好它，就能被允许住在这里。于是我们填补上木材的破洞，涂上黑色的沥青，我们把碎片钉回原处，就像我们修补那些雕像一样。船的高度足够，我们在船中间站得起来。船底朝天指着。沙滩是我们的地板。很快，小船就变得像我很久以前看的画里一样。

整个晚上我们都在做梦，梦见翻过来的船正在星海中航行。

到了晚上，灯塔发出的一束光不停地转呀转，黑暗变成了光明，光明又变成了黑暗，如此不断反反复复。

这里的星星真是让人惊奇。大海也是，沙滩也是。从岸边延伸向山里的陆地也是。一切都那么让人惊奇。所有的一切。

妈妈有了顾客。她带着她的小红包和理发用具，从一家走到另一家。旅馆里的旅客和朝圣的人们也成了她的顾客。大家都赞美她，喜欢她。

她是自己去的，没有带上她的递剪刀帮手。

伊丽莎白给过去的圣人、动物和鸟画像，卖给来朝圣的人。她在沙滩上涂画过去的事情，然后让海水把它们冲走。

我用一根线钓鱼。我用我的刀把鱼切开，在火上烤熟。它们成了我们的一部分，我们也成了它们的一部分。

我还写字。僧侣曾在这座岛上拿着羽毛笔在兽皮上写字，我也在这座岛上写字。他们写作的地方早就被风和时间磨平了。

我用铅笔写。我用我的刀子削尖铅笔。

今天我在阳光下写作。我坐在沙滩上，把纸放在腿上，背靠着船。

我快写完了。

据说战争也快结束了。有人说世界累了，受够了，和平该来了。或许他说的是真的。在天上呼啸、让海水战栗的破坏机器变少了。也许世界上投炸弹的人变少了，炸弹少了，布灵克波尼少了，死亡少了，尖叫的人也变少了。我也不知道。那些附身的日子早就一去不复返了。我再也不会被恐惧和死后世界吞没。我感到很欣慰。我受够了死亡。我的双目向往光明。

我们生了一个儿子,我和伊丽莎白。他已经一岁了。

我们给他起名约翰,一个简简单单的名字。他正学着走路。他妈妈抓着他的手,他的一双小光脚在水里扑腾。他笑个不停。他转过身向我挥手,喊着爸爸!他一跤摔进水里,咯咯笑着,她妈妈把他又扶起来。

或许有一天,他会读到我写的东西。

伊丽莎白不久之后就会读到它。她还一点儿也没读过。她鼓励我开始写,坚持写。就是她告诉我,要发现如何写作,就要动笔去写。她帮我解决了一些拼写问题。她和妈妈都帮我回忆过去,拼凑出真相来。

真相。这些是真相吗?也许一切并不像我记忆中和讲述的那样。乱七八糟的部分太多了。梦境闯入了真实,灵魂行走在人间。一个人的故事混进了其他人的,我们已知的事情里混进了我们的恐惧和希望。生和死的界限也模糊了。但这个世界正是如此,比利·迪恩的想法正是如此。所以故事一定就是这样的。没错,一切都是真的。

也许除了我妈妈和伊丽莎白没人会读这本书。也许战争还会继续,整个世界都会变成废墟和荒野。也许碎石堆之上将只有死人栖居。也许这本书会躺在尘土中,只有风翻动它的书页,而它也终将化为尘土。也许正如马隆太太所说,也许这才是命中注定。如果天已注定,那就听天由命吧。让这个世界被毁灭殆尽吧。让我们消失吧。让所有话语回归尘土。让和平降临吧。

我感受着阳光、微风和大海的声音。我听见儿子在叫我。

"爸爸！爸爸！"

我最后一次削尖铅笔，看着他在海里跳着舞，身边溅起的水花形成了一道道小彩虹。他又是跳又是笑又是叫，像他头顶上飞舞的鸟儿一样。

他是如此令人惊奇，像沙滩，像星星，像海洋。

我看他。我写他。伊丽莎白画他。

他存在于我们的文字和画里，但远远不止存在于这里。

我最后写下的是一个简单的愿望，在一个简单的地方用简单的文字写下。

让战争结束吧。让我们活下去。让我的孩子长大。

我朝他挥挥手。

我叫着他的名字。

"约翰！"

他转过身，向我挥手。

他也喊我。

我放下纸和笔和刀。

我走进水里，和我儿子玩耍起来。